聖女の暗殺者
～処刑されてしまったが、転生してでも妹は守るつもりだ～
朔月
Sakutsuki
[イラスト]:
米白粕
Illustration
Kasu Komeshiro
UG novels

キリカ
フィアナ
セツラ

ジャンヌ
エミリア
ゲイルード
ザック

「久方ぶりに兄と
寝所を共にするのだ。
どのような粗相も
あってはならない」

UG novels

聖女の暗殺者

~処刑されてしまったが、転生してでも妹は守るつもりだ~

朔月

Sakutsuki

[イラスト]
米白粕

Illustration Komesirokasu

三交社

聖女の暗殺者
～処刑されてしまったが、転生してでも妹は守るつもりだ～

［目次］

Contents

第一章
『処刑のち転生』

「わわぁー！　すごい！　すごい、人がいっぱいだよー‼」

「あ、ああ、そうだな……」

「ねえ、あれ！　あれ何？　お兄ちゃん⁉」

「お、おいっ！　あんまり、ウロチョロすると危ないぞ‼」


陽の光を受けてキラキラと輝く黄金色の髪が俺の前で大きく揺れる。

空色の大きな瞳は、こぼれんばかりにずっと開かれっぱなしだった。

道行くたくさんの人々、賑やかな街並みに六歳になったばかりの妹の興味は尽きない。

かく言う俺も、こんな大きな街に来たのは初めてだ。内心ものすごくビビッてる。


この街、交易都市ルージュティアはフォーンバルテ公国の首都として栄えている。

フォーンバルテ公国は大陸の中央に位置しており、リリィエルロート神聖国と三つの公国すべてに面する唯一の国家だ。東西を大きな街道が横断し、たくさんの商人や馬車が行きかっている。

縦横無尽に広がる道々にはたくさんのお店や露店が並び、見たことも無いような食べ物や品物が所せましと売られている。話には聞いていたけど、実際に見ては想像を超えた街並みに驚く。

まだ幼い妹が興奮するのも無理はない。

「全然、平気……きゃっ‼」

「ほら、言わんこっちゃない！　大丈夫か⁉」

通りがかった荷馬車が妹の肩を少しだけ掠めていった。

びっくりして尻もちを付いた妹を抱え起こして、無事を確認する。

「えへへ、道がカチコチで転んだらちょっと痛いね……あれ？」

「あっ、馬鹿、やめろ!!」

俺は妹の次の行動を予想して、止めようとするが既に遅かった。

妹は道に落ちていた赤い実を拾い、ゆっくりと進んでいる荷馬車を追いかけていた。

「あっ、あの落ちてた……です!!」

「ん、何だ？」

おどおどとした視線で見上げる妹の前に、俺は庇《かば》うように立つ。

怪訝そうな目で俺達を見下ろす荷馬車の主に、俺は呻《うめ》くように言う。

「……拾ったんだ。盗んだんじゃない」

「そうか、お嬢ちゃん名前は？」

「俺はラエル、こっちはフィアナだ。妹は関係ない」

俺達は何も悪いことをしていない、堂々としていればいい。

たとえ、いつもように殴られたとしても。

「ありがとな、ほら」

「えっ!?」

俺は差し出された赤い果実に意味が分からず、固まってしまう。

荷馬車の主は表情を緩めながら、ぶっきらぼうに言う。

「お前の分だよ、アプルの実。拾ってくれたんだろ？」

「え、でも……」

「子供が遠慮すんじゃねえよ、正直者にご褒美だ！」

「子供じゃない、俺はもう十二歳だ!!」

「ん？　そうか、悪かったな。もしかして教会に来たのか？」

俺は頷いた。妹は隣で状況を呑み込めず、そわそわとしている。

「エルロート教の教会なら、そこの通りを右に曲がって、北へ真っすぐに進めば直ぐに見えてくる。大きな建物だから一目でわかるぜ」

「あ、ありがとう、おじさん」

「馬鹿野郎、俺はまだ独身だ！　ふん、良い『恩恵《スキル》』授かるといいな!!」

少し安心した俺は、やっと馬車の主の顔をしっかり見ることができた。独身のおじさんは、日に焼けたひげ面に不愛想な笑みを浮かべていた。

「じゃあな、ラエルにフィアナちゃん！　二人に女神リリィエル様のお導きが有らんことを!!」

「うん、おじちゃん！　ありがとう!!」

おじさんは少し顔をしかめて笑うと、手を振りながら去っていった。

そんなに気にしてたのか。フィアナはもうアプルに齧《かじ》りついていた。

「美味しいか？」

「うん！　すごく甘くて、美味しい!!」

フィアナはあっという間にアプルを食べ終わり、俺の手元をじっと見ていた。

俺は笑いながら、自分の分をフィアナに手渡す。


「ありがとうっ！　お兄ちゃん大好き!!」


教会で良い『恩恵《スキル》』授かって、このまま二人で幸せになれたらいいな。

「じゃあ、いこっか」

「うん！」

俺はフィアナと二人、手を繋いで歩き出した。


母さんはフィアナが生まれた後、直ぐに体調を崩して亡くなった。

父さんも五年前に村を襲った魔物の群れの討伐に加わって帰ってこなかった。

父も母も元々、流れ者だったらしく俺達に他の身よりは無かった。そんな子供達に、余裕の無い貧しい村の人達は優しいはずもなく、村を出るまでにそう時間は掛からなかった。

どこの村や町でも受け入れて貰えず、働きながら旅を続けてきた。

いつも子供だからと足元を見られ、二束三文のお駄賃のような給金だった。

だけどフィアナと二人必死で働いて、今までなんとか生きてきた。

そして先月、俺もやっと十二歳になった。成人として認められる年齢だ。

女神リリィエルを唯一神と崇めるエルロート教を信仰する者は、成人の際にその後の人生をより良く生きてゆく為の力『恩恵《スキル》』を授けてもらうのが習わしだ。

教会で導きの儀を行い『恩恵《スキル》』を授かる。

良い『恩恵《スキル》』に目覚めることができれば、それに見合ったちゃんとした仕事に就くことができる。

例えどんな『恩恵《スキル》』を授かったとしても、妹と二人どこかで慎ましく生きて行くことくらいはできると思う。


「わわわわぁ!!　こんな大きくて綺麗な建物、初めて見たよぅ」

エルロート教の教会に着いたなり、フィアナは大騒ぎだ。

空を衝くような、大きな白い塔が何本も立ちならび、圧倒される。

今までも村や町で教会は見たことがあるし、施しを受けに中に入ったことがあるけど……比べ物にならない。大聖堂ってやつだろうか？　見たことないから分からないな。

フィアナは見上げたままの恰好であんぐりと口を開いている。

この街に来てから、ずっとこんな調子の妹に正直救われてる。

「よ、よし入るぞ！」

俺は気合を入れて、緊張で硬くなった身体を解《ほぐ》し歩き出した。

「「…………」」

そして通路を抜けた先で俺達は、また立ち尽くしていた。

塔状の建物の中に作られた礼拝堂の天井は見上げる程に高く、たくさんの窓が円を描くように配置されている。そして、それらにはすべてステンドグラスがはめ込まれており、色鮮やかな光を中央奥の女神像へと落とし、幻想的な情景を生み出していた。

この街に着いてからというもの、驚いてははしゃぐを繰り返していたフィアナもさすがに言葉を失い、目の前の美しい光景に魅了されていた。

そしてそこには女神様に祈りを捧げる信心深い人々が……誰も居なかった。

「お兄ちゃん……。誰もいないね？」

「ああ、休み……、なんか教会にはないよなぁ？」

フィアナの小声での問いかけに、俺は答えに窮した。

刻限はまだ昼過ぎ。街の中は活気に満ち溢れている。

俺が考えあぐね、それより先に足を踏み入れるのを躊躇《ためら》っていた時だった。

「どうなされました？　教会に何か御用ですか？」

「え！　は、はい!?　導きの儀をお願いしたいと思って来ました!!」

背後ろから突然話しかけられ、驚いて振り返る。

すると自分達が通ってきた通路の横に扉があり、開かれた扉から司祭服に身を包んだ若い男がこちらを見ていた。教会関係者の出入口なのだろうか？

「そうですか、それはおめでとうございます」

その微笑みは、心から俺のことを祝福してくれているように見えた。

「ありがとうございます」

「ありがとう……です!!」

俺がお辞儀をすると、フィアナが真似をして続いた。

その様子を見て、司祭様の表情は更に柔らかくなる。

肩までの長いダークブラウンの髪は、キッチリと分けられ整えられていた。同じ色の深く静かな瞳は、見るものを安心させるような優しさを湛えている。

「それでは奥へお進みください。あれ？　誰も居ないですね。司教様もいらっしゃらないとは……どうしたのでしょうか？」

それはこちらが聞きたかった。ちゃんと儀式はやって貰えるのだろうか？

正直、この街の宿に泊まれる程の路銀は持ち合わせていないから困るぞ。

「ふむ、お待たせしては申しわけないですね。私に付いて来てください」

俺達は静まり返った礼拝堂の中央を真っすぐに進んだ。人の居ない礼拝堂は只々広く感じられ、祭壇に祭られた女神リリィエル様の大きな銅像は少し寂しそうに見えた。

フィアナが俺の腕にしがみついてきた。本来ひと気があるはずの場所に誰も居ないと、なんだか不安になるよな。俺は妹の頭を撫でながら、自らも心を落ち着かせようとする。

司祭様は俺達に気づくと、フィアナに合わせて歩くペースを緩めてくれた。

「祭壇の隣に儀式に使う礼堂があります。あっ、申しわけございません。自己紹介がまだでしたね。私の名前はアルフ。司祭を務めさせて頂いております」

「俺……僕の名前はラエルと言います。先月十二歳になりました。こっちは、妹のフィアナです」

アルフと名乗った司祭は目を細め、俺達兄妹を少しの間じっと見ていた。

そして驚いたような表情をすると、そこに満面の笑みを加えながら言う。

「色、輝き、よく似ている。しかしこれは……ラエル君、フィアナさん、リリィエル様は貴方達に、きっと素晴らしい光の導きを与えてくださいますよ!!」

「あ、ありがとうございます!!」

突然そう言われ、俺は少し動揺しながらも二度目のお辞儀を深々とする。

フィアナもしがみついたままペコリと頭を下げる。俺とフィアナの髪や瞳の色は同じ。兄妹だけあって良く似ている。ただ司祭様は何となくだけど違うものを見ているような気がした。

しかし今はそんなことより、何気に掛けてくれた言葉が嬉しかった。

この街に来るまで、優しい言葉や笑顔を向けられたことなんか無かった。

皆、日々の貧しい暮らしや魔物の脅威に余裕の欠片も無く、俺達のような小汚い子供に、関わりを持とうとはしなかった……。たとえ、神父様といえども。

この街は高い壁で守られ、活気に満ち溢れている。ここに暮らす人々には余裕があり、俺達にも少しばかり気持ちを傾けることができる。ただそれだけのことかも知れない。だけど今は人に対等に接して貰えることの嬉しさに、少しばかりの希望を未来に抱いていた。

頑張っていっぱい働いて、妹にはもっと優しい世界を見せてあげたいと心から思った。

その為には、まずは『恩恵《スキル》』だ。

「さあ、ラエル君、こちらにどうぞ……ああっ、ごめんなさい。フィアナさんはこちらの方でお待ちいただけますか」

アルフ様は祭壇隣りの扉を開き、俺に進むように促し、妹《フィアナ》には礼拝堂の一番前の席を勧める。

そして、不安そうに俺を見上げる妹に申し訳なさそうに言った。

「導きの儀は神の代理人である司祭や司教と、当人だけで執り行う儀式なのです」

俺も確かにそう聞いている。誰も人が居なくて寂しいだろうがここは教会の中。

フィアナが誰かに卑しめられたり、害されたりと、滅多なことは起こらないだろう。

繋いだ手からフィアナの不安が伝わってくる。

俺は少しだけ強く手を握り返すとフィアナに微笑みかけた。

そして、いつものひとことで食いしん坊の妹を元気づける。


「すぐに終わるから……終わったら、美味しいご飯食べに行こうな!!」


薄暗い礼拝堂の中、お日様のような笑顔が咲いた。

俺の中の不安をすべて吹き飛ばして元気をくれる、この世界で一番大切な妹の笑顔。

「うんっ！　お兄ちゃん、私、良い子で待ってる!!」

フィアナはそう言うと足の届かない椅子に座り、ずっと手を振り続けていた。

そんな妹を見て、俺は女神様に最も近いこの場所でいつものように心に誓う。

「妹《フィアナ》は俺が守るんだ!!」

＊　　＊　　＊

礼堂の扉が閉じられ、部屋は暗闇に包まれた。

アルフ様が蝋燭に火を灯すと、女神リリィエル様の姿がボンヤリと浮ぶ。

石レンガで組まれた部屋に窓は無く、出入口は入ってきた扉だけだった。正面には小さな祭壇があり、女神様の銅像と大きな水晶が祭られていた。

確かに俺と司祭様にしか、この部屋の中での出来事は知られようが無いだろう。

「さあラエル君、こちらで祈りを捧げてください」

うながされ、俺は女神像と水晶の前に跪《ひざまず》いた。目を閉じ両手の指を組んで祈りを捧げる。

導きの儀が終われば、水晶に『恩恵《スキル》』が浮かび上がる。

最初にアルフ様から成人したことへの祝詞を頂いた。

そして、いよいよ導きの儀のが始まる。

「――光の導き手たる女神リリィエル様、御身の恩寵を御子ラエルに恵給ふことを願わん」

緊張で全身に汗がつたう。今日、ここで人生が決まるとまでは思わない。しかし明日からの暮らしには大きく係わってくるのは間違いない。


そして最終節と思われる言葉が紡がれ、しばらくの静寂が訪れた。

終わったのだろうか？　俺は様子を伺いながら、少しずつ目を開こうとしていた。

「もう少し……もう少しだけ目を閉じたまま、私の話を聞いてください……」

そんな俺を静止するような言葉が静かに発せられ、慌てて目を瞑る。

アルフ様の声には動揺と何らかの決意が感じとれた。

俺は言葉に出さず、ゆっくりと頷いて承知を伝える。

「導きの儀で得られる恩恵《スキル》とは、御子達が道に迷わないようにとリリィエル様から頂ける助言のようなものです」

アルフ様はゆっくりと諭すように続ける。まだ導きの儀は続いていたのだろうか？

「それは適当に授かるようなものではなく、その者が歩んできた人生や経験に少なからず影響を受けています」

俺の人生は、ほとんどが妹をそばに置いての労働の日々だ。

きっと働いた経験が反映した『恩恵《スキル》』を授かるに違いない。

「今日を境により一層その力は成長し始め、貴方の生きる糧となることでしょう」

期待する俺とは裏腹に、アルフ様の声のトーンが明らかに下がった。

「……しかし、決して、それらは全てではない……今までの人生も、これからの人生も否定する必要は無いのです……」

言葉を選んでいるように感じる。何だか怪しくなってきた雲行きに、俺は不安を募らせる。

「あの、アルフ様、それはどういう意味なのでしょうか？」

「ラエル君、私は信じてます。君が神の子として生まれ、恥じることなく生きてきたことを」

アルフ様は俺の質問には何故か答えてはくれなかった。俺が自分自身で向き合うべき問題だということだろうか？　そして、ひとときの沈黙ののち告げられた。

「目を開けてください」

俺は目を開き、急ぎ水晶の中を覗き込んだ。視界の外に映る司祭様の顔は強ばっていた。

たくさんの文字の中、自分が求める項目『恩恵《スキル》』を探して順番に前から目でなぞる。

そこにあった文字は確かに俺の求めていた能力を持つ『恩恵《スキル》』では無かった。

【短剣術：Ｅ－】【気配感知：Ｅ　】【気配遮断：Ｆ＋】【夜　　目：Ｅ－】
【毒耐性：Ｂ　】【恐慌耐性：Ｅ＋】【痛覚耐性：Ｆ　】【疲労耐性：Ｆ＋】

嘘だ……望んでいた生産系や商業系の『恩恵《スキル》』が一つも無い。

あんなに鍛冶や大工、畑仕事を手伝ったのに、俺にはまったく才能が無いのか？

むしろ仕事が無くて山や森で暮らしていた時の経験ばかりが反映されてないか？

異様に【毒耐性】のレベルが高い。

お金が無くて、食べ物を求めて山や森に入った。そして、草や茸を食べてはお腹を壊していた。

いや、何度も死にそうになった。妹に食べさせる前に俺が必ず毒見をするから……。

苦しくてのたうち回るも魔物を警戒して声は出せない。

そばで声を殺して泣くフィアナの姿を思いだして胸が痛んだ。

こんな『恩恵《スキル》』ばかりじゃ、それこそ『冒険者』にでもなるしか無いじゃないか。

ダンジョン《魔物の巣》の探索、魔物の駆除や護衛など、人々の為に我が身を顧みずに戦う!!

俺も男だ。そんな冒険者という職業に憧れたことはある……。

だが、そんな危険な仕事、妹を残してできるわけがない。

そして順当に飛び込んできた最後の文字に、俺はアルフ様の面持ちの意味を知る。

「なんだよ、これ……？」

名前：ラエル　年齢：十二歳　種族：人間　性別：男性
体力：D　筋　力：F－　敏捷性：E－　精神力：E＋
魔法：【闇：F】

恩恵《スキル》：【短剣術：Ｅ－】【気配感知：Ｅ　】【気配遮断：Ｆ＋】【夜　　目：Ｅ－】
【毒耐性：Ｂ　】【恐慌耐性：Ｅ＋】【痛覚耐性：Ｆ　】【疲労耐性：Ｆ＋】

称号：暗殺者

あ、暗殺者って⁉

「アルフ様、あの、これ『暗殺者』って」

「私も初めて見た称号です。リリィエル様がこのような忌避されるべき道を示すとは、到底思えないのですが」

アルフ様はそう言うと黙り込んでしまった。俺は流石に人を殺して生計を立てようなんて思ってない。フィアナにもどう説明したものかと途方に暮れてしまう。

そんなことより、どうして俺が『暗殺者』呼ばわりなのか？

「あの、一応言っときますけど、俺、人なんて殺したことないですから」

「え、ええ、それは大丈夫です。ラエル君のことは信じていますから‼」

「はあ……」

自分で言っておいて何だが、この人は何を根拠に俺を信じているんだろう？

少しお人好し過ぎないか？　俺のいぶかし気な眼差しに気づくと、アルフ様は慌てて答えた。

「ええと、種明かしをするとですね、私の持つ特別な『恩恵《スキル》』の力で分かるのです。その人の中にある『魂の色』が」

特別な『恩恵《スキル》』。そんなものがあるのか。初めて聞いた。

「女神様は、ごくまれに希少な恩恵『聖寵《固有スキル》』を授けてくださることがあるのです」

何それ、すごくいいな。俺にはもう関係なさそうだけど。

「ラエル君にフィアナさん。私は二人ほど真っ白に輝く『魂の色』を見たことがありません!!」

俺はともかくフィアナは天使だからな、当然だ。さっき俺達二人を見て、似ていると言っていたのは『魂の色』のことだったのか。

まさに聖職者向けの能力だなと思った。むしろその『聖寵《固有スキル》』とやらに導かれて司祭になったのかも知れないな。

そしてアルフ様はその優し気な眼差しとは相反する悲し気な表情で話を続けた。

「ですからこのような称号、私にもどうお答えして良いのか……」

「確かに『恩恵《スキル》』も、どれもこれも人殺しに向いたものばかりですよね。こんなのでどこかに雇ってもらえるんでしょうか？」

「いや、諦めてはいけませんラエル君！」

「諦めるも何も、フィアナと二人どうやって生きていけばいいんだよ!?」

俺は八つ当たり気味に言い放った。

アルフ様が悪い訳じゃないのは分かっているのだけど……

ちょっと今は、女神様とその関係者の方達が信じられない。

「そ、そうです！　とりあえず『冒険者』なんてどうでしょうか⁉」

いきなり明らかに苦し紛れなことを言い出したアルフ様。

「冒険者ならラエル君の殺伐とした『恩恵《スキル》』も十全に活かせると思います！　魔物を討伐して人々を守る‼　実に栄誉な仕事だと思えます。いやスゴク良いと思います。実は私も、憧れていた時分があったものです‼」

まるで自身をも納得させるかのように、矢継ぎ早に続けた。俺を励まそうとしてくれてるのだろうけど……。アルフ様は冒険者がどういう仕事だか、ちゃんと理解しているのだろうか？

何度も言うが『冒険者』に憧れてたのは俺だって同じだ。だから、ちゃんと分かってる。

英雄のように語られる冒険者は、飛び抜けた実力の限られた人達だけだってことを。

ほとんどの者がその日暮らしで将来性は皆無。武器や防具、そして命の損耗率の高さたるや。

考えれば考えるほど、このうえ無く割の悪い、危険な仕事としか言いようがない。

俺はフィアナと二人、真面目に働いて穏やかに暮らしたい。

そんな博打のような仕事は、今はもう選択肢に入れたくない。

そんな俺の気持ちも知らずに、アルフ様は思いつくだけの考えを熱く語り続けた。

「それに経験を得ることで新たな『恩恵《スキル》』を授かることができます。『恩恵《スキル》』が増えて全体の構成が変われば、遠からず称号も変わってくる可能性があります！」

えっ？　そうなのか⁉　俺はアルフ様に確認する。ここは大切なところだ。

「そ、そうなんですか、本当に⁉」

「え、ええ、この悪い夢のような称号も現在の恩恵《スキル》の構成によるものですから」

俺は今、もはや新たな希望にすがるしか無かった。冒険者になっても薬草や毒消し草の採取等、危険の無い依頼ばかり受ければいい。今の俺の『恩恵《スキル》』の構成はその方面で有効性がありそうだ。

フィアナには慣れるまでの間、冒険者だと言わなければいい。

「薬の採取や、調合に詳しくなれば、薬師《くすし》になれる可能性もあるってことですよね？」

「その通りですラエル君。決して諦めてはいけません！　いつか汚名を返上するのです!!」

さっきから時折、辛辣な言葉が混ざってくるのが気になるんだけど。

まあいい、少し希望とやる気がでてきた。

「俺、頑張ります！　一所懸命働いて妹と二人、真っ当に生きて見せます!!」

「その意気です！　ラエル君!!」

「その意気は来世《つぎ》に取っておくべきではないかのう？」

「はいっ!!　えっ!?」

俺はつい、勢いよく返事をしてしまった。アルフ様が俺越しに扉の方に視線をやり、困惑の表情を浮かべていた。俺も振り返り、声の主を探す。

いつの間にか開け放たれた扉の向こうに、声の主と思しき老人が一人佇んでいた。

その姿を見てアルフ様は信じられないといった表情《おももち》で咎めるように言う。

「大司教様、いったい何故ここに……それに、その者達は!?」

大司教と呼ばれた老人が、開け放たれた扉から入ってきた。

後ろにはフード付きのローブを頭から被り、顔の見えない男が大司教に付き従うように続く。

さらには黒い鎧で身を固めた、教会に似つかわしくない恰好の男達が通路の奥に数人、見え隠れしていた。

「咎人への処罰を伝えに来たのじゃよ」

「と、咎人《とがびと》とはいったい……、何のことを仰っているのか」

「アルフ司祭、何も隠さなくても良い。女神様はすべて見通されておる」

アルフ様に向け、幼子にするような慈愛の笑みを浮かべると静かに言った。

「何のことか分かりかねます！　それに導きの儀の結果は、本人と立ち会う司祭のみに秘匿されるべき約束事のはず!!」

「其の方ごとき、下級司祭には知らずとも良いことがあるのじゃよ……」

ニンマリと笑う姿は好々爺たるやだが、細い眼の奥の光は淀んでいて、俺には酷く嫌らしい表情に見えた。

アルフ様の顔が大きく歪む。

「連れて行け!!」

黒い鎧の男達は無言で頷くと、俺達へと近づいてくる。

そのうって変わった無表情と、俺の数倍はありそうな体躯に身がすくむ。

「止めなさい！　教会内でこのような暴挙、いかに大司教様とはいえ、なっ!?」

俺をかばうように前に出たアルフ様を男達は左右から羽交い絞めにした。

引き摺られてゆくアルフ様を後目に、俺は恐ろしさで微動だにできない。

「ラエル君っ！　逃げるんだ‼　こんなことはおかしい‼」

しばらくの間、俺へと呼びかける声が聞こえたが、扉を閉じられそれも聞こえなくなった。

「さて、ラエルと申したか」

大司教があらためてこちらに向き直る。ねっとりとした眼と、笑みが気持ち悪い。

部屋の中には大司教とローブの男、そして今しがた俺を取り押さえた屈強な男達。

アルフ様は逃げろと言ってくれたが、とてもできそうにない。

「その歳で暗殺者とは、なんとも罪深い存在じゃのう」

俺はどうなるんだ？　いやそんなことより妹《フィアナ》だ。フィアナは無事なのか⁉

「端的に申す。其方《そのほう》はこの場で刑に処される……。そう、極刑じゃ」

「なっ、何を言っているんだ？　俺が何をしたって言うんだ⁉」

「女神様から神託が下されたのじゃ。世に害なす『ラエル』と言う名の暗殺者を処刑せよと」

「な、なんだよそれ、俺は暗殺者なんかじゃない‼」

「分からんか？　其方の称号は女神様より言い渡された罪状なのじゃよ」

「俺は人を殺したことなんか無い！　殺したいと思ったことすら無い‼」

「ならば其方はこれから先、罪を犯そう……。女神様は絶対なのじゃよ」

ローブの男が懐から短剣を出し鞘から抜く。蝋燭の炎が返り血のように刃先に揺れていた。

俺は身体が引き千切れんばかりに抵抗するが、鍛え抜かれた男達に何もできるはずがない。

「止めるのじゃ、神聖なこの場を下賤な血で汚すのではない」

意外にも大司教がその凶行を止め、俺は安堵するもすぐに絶望に突き落とされる。

叱責された男は無言で短剣を収め、変わりに小瓶を取り出した。瓶の中で透明な液体が揺れていた。それが何かは考えなくても分かる。

「や、止めろ……お願いだから、止めて……」

俺は涙目になりながら懇願した。

鼻をつままれ、無理矢理開かれた口にドロリとした液体が注がれる。

「おぇ、おえぇぇえええぇっ」

全身に悪寒が走り体温が急激に失われていく。視界はぼやけ、激しい吐き気に嗚咽が漏れる。

内臓が溶けてゆくのが感じられる。

俺は死ぬのか？

朦朧と奪われてゆく思考の中、たった一つの事が頭の中を占める。

「フ、フィアナ……」

「安心するが良い、あの娘にも女神様のお慈悲があるじゃろうて」

そう言って、今日見た中で一番最悪の笑みを顔面に張り付かせた。

何を言って……こいつら……フィアナに何かしたら……許さ……

「フィア、ィアナナアアアア!!」

「しかし、しぶといのう……毒が足りてないのではないか？」

「すでに致死量三人分は投与している。この男、高い『毒耐性』を持っている」

「コロシテヤル……フィアナ……ユルサナイ」

「これ以上の投与はこの場を汚すことになる」

「女神様は何故この場でなどと。どのみち処分はするつもりじゃったが」

こいつら……何を言ってる……

「もうよい興ざめじゃ！　わしは忙しい、さっさと終わらせてしまえ!!」

小瓶の中の液体すべてが俺に注がれた。

俺を覗く男の顔に笑みが浮かんでいた。

男の顔が歪む、目に映る全てが歪んだ。

フィアナ……マモル……コイツラカラ……オレ……マモレナイノカ……

「……ィアナ」

いつまでも、何度も、俺はその名をつぶやき続ける。


そして、俺《ラエル》は死んだ。

＊　　＊　　＊

(本当に、本当にごめんね、他に方法が無かったんだ)

(君とフィアナちゃんはいずれ、ううん、すぐに殺されていた)

(フィアナちゃんの背負った運命は世界を巻き込む、そして君もね)

(私にできることは連中に神託を下すことくらい。思い通りに動いてくれる小物で良かった)

(君は私の前で殺された。私と繋がったあの場所だから、ほんの少しだけど君に干渉できる)

(フィアナちゃんのことなら心配いらない。あいつが言ったように私が本当に導いてあげる)

(いつまでもってのは難しいかな。だから君が早々に力を付けることを願う。フィアナちゃんを守ってあげられる力をね)

(君の恩恵(スキル)を、君が死んだ時点で得た経験のままに。あと私からも一つ。君が道に迷わないように。ごめんね……これっぽっちしかしてあげられなくて)

(ありがとう……そう言ってもらえると救われるよ)

(頑張ってね！　私は君のこと、応援してるから‼)

(……最後に……ごめんね、君を守る為なんだ。また、君を死なせたくないから)

＊

＊

＊

(さようなら……またね)

……生きてるのか？

俺は暗闇の中、目を覚ました。

不思議とすぐに目が慣れ、知らない天井に戸惑う。どうみても俺が居た石室ではなさそうだ。

俺は毒を飲まされて、殺されたと思ったのだけど。

ぐっ、身体に力が入らない、顔すらも動かせない。

毒の影響だろうか？

仕方なく、視線だけで周りを探る。

格子状に木で組まれた高い天井には天窓があり、うっすらと月明りが差し込んでいる。三方は白く清潔な漆喰の壁に囲まれ、ドアは……俺の頭上の方向なのか見る事ができない。テーブルや家具もあり、小綺麗な普通の部屋に見える。

そして、背中の感触から俺はベッドのような場所に寝かされているようだ。

誰かに助けて貰えたんだろうか。アルフ様か？　大丈夫だったのだろうか？

あいつ等はどこへ行ったんだ？　許せない!!　あの痛み、苦しみ、本当に死ぬかと思った。

暗殺者の称号のせいで処刑するみたいな事を言っていたけど。

どう考えてもおかしい。捕らえられて衛兵に突き出されるのならまだしも、教会の中で導きの儀の途中になんて考えられない。

女神様がどうだとか……駄目だ、ほとんど意識が飛んでいたから思いだせない。

何にしても、あいつ等が言っていたように高い『毒耐性』のおかげで命を拾うことができたのだろうか？　俺は『毒耐性』をはじめとした『恩恵《スキル》』や他の『能力値《ステータス》』を意識して頭に思い浮かべた。

名　前：セツラ　年齢：〇歳　種族：人間　性別：男性
体力：０　筋力：０　敏捷性：０　精神力：Ａ－
魔法：【闇：Ｆ】
恩恵《スキル》：【短剣術：Ｅ－】【気配感知：Ｅ　】【気配遮断：Ｆ＋】【夜　目：Ｅ－】
　　【毒耐性：Ｓ　】【恐慌耐性：Ｂ＋】【痛覚耐性：Ｂ　】【疲労耐性：Ｃ＋】
聖寵《固有スキル》：【罪の真贋：Ｓ】【毒創生：Ｓ】【女神の封印：Ｓ】

称号：暗殺者

何だこれ、おかしいぞ。
能力値《ステータス》が滅茶苦茶じゃないか。体力、筋力、敏捷性０《ゼロ》って何だよ。
いや０《オー》なのか？　Ｆより下があったのか？
恩恵《スキル》も少し上がっている気がするが、良く覚えていないな。
聖寵《固有スキル》ってアルフ様が言ってたやつか？　こんなの無かったはず。しかも三つも。
やっぱり暗殺者なのは、変わらないんだな……

そんなことよりセツラって誰だよ!!

〇《オー》歳って!?　いや〇《れい》歳か、ややこしいな!!


「アウア、《何の》アアウー《間違いだ?》」

「アウアアー《何だこれ……》」

「アア、《声が》アウアア《出ない!》」


俺の意志に反して発せられるのは言葉にならない、赤ん坊の声。

俺は耳を疑った。

誰だこれ、俺は誰だ?

俺《ラエル》じゃないのか?

俺は赤ん坊なのか……まさか俺は、死んで生まれ変わったのか!?

エルロート教の教義では死したのち、その魂は新たな命として生まれ変わるとされている。

けれども当然、それは無からの始まりであり、前世の記憶を持ったまま生まれたりはしない。

無理矢理に辻褄を合わせていったが、やはり頭の中の混乱は収まらない。

いったい何なんだ、こんな事があるのか?　うっ、考えてたら、お腹が減ってきたぞ……いや、そんなことはどうでもいい、でも、なんだか泣きたくなってきた。

「ビャアアアアアアァアアアアアーーー!!」

俺の意志に反して、本能が泣き叫ぶ。


「あらあらあら、セツラちゃんどうしたの？」

扉を開けて入って来たのは、信じられない程に美しい女性だった。

闇に溶けいりそうな漆黒の髪に、鮮血のような瞳の色。

病的な程に白い肌には生気が感じられず、まるで人形のようだった。

女性はその細い腕で俺を抱きかかえると、揺らすようにしてあやしてくれた。

「オムツは大丈夫だね、ミルクもさっきあげたばかりだし」

「そっか、寂しかったのかなー？」

女性は俺に愛おしそうに頬ずりをしてきた。癒される。この人が俺の母親なんだきっと。

「キャッ！　アァウ!!」

俺は嬉しくなって、自然とはしゃいだような声をだす。

そんな俺を母は真剣な眼差しで暫く見つめていた。そして、小さくつぶやいた。

「……ちょっと、ちょっとだけならいい、よね？」

「アゥア？」

「きっと大丈夫!?　セツラちゃんは私の子!!」

俺を見て、何かを決心したような面持ちで、おもむろに胸をはだけた。

ピンと張った小ぶりだが形の良い乳房が、お、俺の眼前に露わになる。

「ウア《おっ》、ウアアアアー《おっぱい》!!」


赤ん坊としての本能が生前の羞恥心を吹き飛ばし、俺は歓喜に打ち震えた。

桜色の突起が俺の口に含まれ、幸せが口内に広がって行った。

ピリピリとした刺激が全身に広がり、意識が飛びそうになる。

なんか思っていたのとは違うが、これが大人の味……いや母のぬくもりか。


そして幸せの絶頂の中、俺はついぞ大切なことを思い出すことが無かった。

それは俺にとって何にも代えがたき存在だったはずなのに。


「ケポッ」


俺は母の肩の上で背中をさすってもらい、げっぷを出した。何故かフラフラと視界が揺れる。

眠くなってきたのだろうか？　なんか違うような気がする。なんか手足が若干痺れている。

「アアア、アゥー」

舌ももつれて呂律が回っていないみたいだった。

「アァー、アゥ？」

あまり変わらないように聞こえるかも知れない。

「セ、セツラちゃん……やっぱり」

母は抱っこした俺を見つめている。照れるなぁ。

段々と涙目になってきた母に俺は、何かやらかしたのかと不安になってくる。

そして感極まったように俺をギュッと抱きしめてくれた。柔らかい胸に抱かれ、この上なく至福の気分なのだが、何故か母は小さく震えながら咽《むせ》び泣いていた。

「アゥアアゥア《どうしたの?》、アアアゥアア《大丈夫?》」

「ぐすっ、ありがとう、セツラちゃん……」

今の俺にはどうすることもできない。だけど心配する気持ちは伝わったみたいだ。

「そうね、早くロウに教えてあげないと！」

母は涙を指で拭い、俺を抱っこしたまま部屋から出て行く。


廊下の窓から外の様子が伺えた。夜暗の中、小さな家屋がぽつぽつと目に入る。ちょっとした集落になっているようだった。そして、その周りをいくつかの大きな畑が取り囲んでいた。

どこかの村なのだろうか？　どの家にも明かりは無く、刻限は夜中だと思えた。『夜目』の恩恵《スキル》のお陰だろうか、苦もなく状況を把握できる。

それにしても周りが寝静まったこんな夜中、俺に気を配ってくれてる母の愛が胸にしみる。

前世の母も、とても綺麗で優しい人だった。

母は俺が幼い時分に突然、体調を崩して亡くなってしまった。

風になびく細く美しい金の髪を見るたびに、母を思いだしては隠れて泣いていたのは内緒だ。

あれ……なんで隠れて泣いてたんだっけ？　誰に内緒なんだ？

生まれ変わりの影響だろうか、記憶にもやが掛かったように感じる部分がある。


「ロウ、起きて！　大変よ!!」

母は寝室に入るとベッドに横たわる『ロウ』と呼んだ男性の肩を揺すった。

「んん、どうした？　スズ……セツラに何かあったのか？」

眠気など、はなから無いかのように、すぐにベッドから降りる。

この人が俺の新しい父親。

精悍な顔つきに、鍛え上げられた身体。逞しく頼りがいのありそうな人だった。

「あのね、セツラちゃんがね、私のお乳を飲んだの」

顔を紅潮させ、母はモジモジと言った。

一瞬、父は呆気に取られるが、慌てて俺の顔を覗き込む。近い。

「な、なんで！　大丈夫なのか!?　セツラは!!」

俺はここまで動揺をした父の姿をこれから先見る事はなかった。

「うん、全然平気みたい……かな？」

母は俺に微笑みかけて、首を傾げる。何故に？

「良かった……でも、いったい、どうしてそんなことに」

「出来心で……だって、私の子だもの……大丈夫かなぁ、なんて」

母はばつが悪そうに小さな声で言う。父は手で目を覆い、天を仰いでいた。

「あれだけ駄目だと。スズ、お前、自分の体質分かってるよな？」

「唾液ひとしずくで十人くらいは軽く死んじゃうかなぁ？『毒耐性』のすごく強いアナタでも、私の調合した解毒薬を、たらふく飲んだ上で夜は頑張ります!!」

「……ああ、そして翌日は丸一日、ほとんど身体を動かせない」

そんな話は聞きたくない。そんなことよりも今、俺を抱いている母に恐怖を感じている。

この、舌、手足の痺れは毒入りの母乳を口にしたせいなのか？

確かに俺の『毒耐性』はいつの間にかとても高くなっている。今際の際に強い毒薬を与えられたことが原因かも知れないし、母が言うように体質を受けついでいるのかも知れない。

問題は俺の持つ『恩恵《スキル》』について両親が知るはずがないことだ。

『恩恵《スキル》』は通常、導きの儀を行うまでは自覚されることが無い。なのに、なんとなくの臆測でこの人は俺に猛毒を飲ませたのか!?

「だってぇ、あんまりにもセツラちゃんが可愛いんだもん!!」

「お前なぁ……まあ確かに俺達の子だ、死ぬことは無いか？」

父よ、そこは折れちゃだめでしょ。

「ごめんね、ちょっと母性が暴走しちゃったかも……てへっ」

母はその最悪の凶器ともいえる舌をだして、照れたように笑う。

てへっじゃねえよ！　カワイイけどさっ!!

「アゥア、《ひっ》アアゥアアアアー《ひとごろしー！》」

「うんうん、私もセツラちゃんのコト大好きだからね～」

呂律に関わらず、俺の抗議が母に届くことはなかった。

＊　　　＊　　　＊

半年ほどが経ち、少しだけど俺は喋れるようになっていた。

あまりの成長の速さに両親は驚き喜んでいたが、俺はズルをしてるみたいで少しばかり後ろめたかった。もちろん話し言葉には気を付け赤子らしさを装っている。

まあ、身体ができてないため、どうしても舌っ足らずになってしまうのはご愛敬だ。

そんなある日のこと。父と母は、普段より大分遅く畑仕事から帰ってきた。両親は家から少し離れた所にある畑で、ジャガイモや玉ねぎを作っている。母も俺に手が掛からなくなってきたためか、近ごろは俺を寝かしつけた後、よく手伝いに行っているみたいだ。

「ただいま、セツラ！　いい子にしてたか？」

「ごめんね、セツラちゃん！　遅くなっちゃって……すぐご飯にするからね！」

「おかえりなしゃい、お父しゃん！　お母しゃん‼」

俺は読んでいた本を放りだし、二人にヨタヨタと駆け寄って行く。俺は父と母が大好きだ。

しかし俺はこの二人に強い違和感を覚えていた。両親は少なくとも、俺の知る農家の人とは全然違う。俺は生まれ変わる前は、ときどき農家の手伝いをして日銭を稼いでいた。農家の暮らしはどこも貧しい。時折、魔物が村を襲うこともあり、彼らはいつも疲れ果てた様子だった。

支払われる給金ではパンを二つ買うことも難しかった……まあ昔の話だ。

そんな人々と父と母では、まとっている空気がまるで違っている。

父の精悍な顔や、鍛えられ引き締まった身体には、疲れなど一片も感じられない。

陽の光を浴びてなお、真っ白い母もそうだ。二人とも鍬や鋤がまるで似合わない。

さっきまで読んでいた本だって普通じゃない。薬や毒のことを体系だてて、詳しく書かれた本。

俺が何もわからないと思って、遊び道具のように与えているが、普通に出回っている部類の本ではないし、農家の収入では一生かかっても買えるような代物ではない。

何から何まで違和感まみれだった。しかしながら赤子の俺が父と母に、疑念の目を向けるのはあまりに不自然だ。いずれ、知り得ることもあるだろうと心のどこかに片付けていた。


そして、俺はいつものように父に尋ねた。

「お父しゃん、今日もいっぱいお野菜《やしゃい》とれた？」

『ああ、フォーンバルテ一の美味しい玉ねぎがいっぱいとれたぞ!!』と、父がその日とれた野菜を嬉しそうに語ってくれることが好きだ。

「ああ、いや、今日は悪いやつの命をいっぱいとってきたぞ!!」

「ロ、ロウ！　あっ、あなた!!　何を言ってるのっ!?」

「ちゃんと畑の草も刈ってたんだぞ……ついでに首も刈って……っ!?」

俺は、父の突然の告白に目を白黒させる。

父も、口に手をやり目を白黒させていた。

「セツラちゃん、違うのよ！　もう、ロウったら冗談ばっかり!!」

「お母しゃん……ホント？」

「うん、今日はね、近くの村や町を襲っていた、血も涙もない盗賊達を壊滅させてきたのよ」

母は両手で自らの口を塞ぐも、もう遅かった。

「ロウ……これって……？」

「ああ、おそらくはセツラの恩恵、それも聖寵《固有スキル》の類の可能性が高いな」

父は俺のことを注意深く観察しながらそう言った。

「いままで、こんなことが無かったってことは、おそらく罪や嘘に反応するのかも知れないな」

「セツラちゃんたらっ……恐ろしい子」

そう言う母の顔は少し嬉しそうだった。

俺の中に生まれた時からある、聖寵《固有スキル》『罪の真贋』はこういう代物だったのか。

「でもロウ、知られちゃったね……どうしよう？」

「ああ、少し早いかも知れないがセツラは賢い子だ。きっと理解できるだろう」

「セツラ、お前に話がある」

「あい？」

「さっきの話の続きだが……。実は俺たちの一族は皆、代々暗殺を生業としている。いや、していたか？　嘘をついててゴメンな。でも、父さんは畑仕事は大好きだ。それは本当だ」

「……あんしゃつ」

「ああ、人を殺す仕事だ。父さんと母さんは……元暗殺者なんだ」

また暗殺者。女神様の悪趣味な導きに、俺は軽く目眩を覚える。

父と母は、俺にはまだそういったことへの何かしらの感情や倫理が芽生えていないと思っている。当然だ。今の話もこれから俺が成長してゆくにつれ、話し合われる事柄へのきっかけに過ぎなかったものだと思う。

でも俺は殺されて……今ここにいる。

俺はそのときの恐ろしさと、俺を殺した奴らへの憎しみを忘れることができない。

心を折られ、未来を、命を……大切なもの……すべてを理不尽に奪われ殺された。


「ひろごろし……」

俺はどんな顔をしていたのだろう。

そのままに無意識に続けた父の言葉へのオウム返しに、二人の顔が歪んだ。

父は苦悩を、母は悲しみを露わにしていた。想像してなかった俺の表情と、その幼い口から紡がれる言葉に、今度は両親の方が何の心構えもできてなかったのだろう。


しばらくの間、誰も何も喋らなかった。


そしてその沈黙を破ったのは母だった。

母は俺をぎゅっと抱きしめると、何度も、何度も、俺に軽い口づけをしてきた。母と対等に触れ合えるのは、この世に於いて俺だけだ。そのせいか時折、母はこうした『母性の暴走《スキンシップ》』を俺に向けてくる。

「お、おいスズ、もうそのくらいで……ちょっと」

「私の大切なセツラ。あなたを守る為なら、私は何だって……だから……だから」

「おかあしゃん……ないてるの?」

驚きに見開かれた俺の両目には、涙にあふれた母の赤い瞳がうつっていた。

そのとき俺は、母が突然どうしてそんな事を言ったのか理解できなかった。

そして、そのことに毒気を抜かれた父は、いつもの表情に戻り口を開いた。

「セツラ、お前にはいつも、本当に驚かされる」

「おとうしゃん……あの……」

「もう、人を殺すことが悪い事だと理解しているんだな」

「あい」

「なら、暗殺者が悪いヒトだって思っているんだよな？」

「……」

俺はその質問に答えることができなかった。そんな俺に、父は優しく笑いながら言った。

「それで、いいんだよ」

「え？」

「俺とスズは、セツラに暗殺者になって欲しいなんて、これっぽっちも思っていない。もう、そのクソみたいな一族とも手を切ったんだしな」

そして父は自嘲的とも言える言葉を続ける。

「俺達は間違っていた。そして今もまだ間違っている。だけどこの力を、暗殺者としての役割を未だ手放さないのは、それが俺達にとってこの世界で、たとえ間違えていたとしても、代えがたい、大切なものを『守る力』だからだ」

「まもりゅちから」

父の言葉が俺の中で何度も繰り返される。

俺には生前、守るべき大切なものが無かった……そして生まれ変わった今、俺は守られる存在だ。

だけどそれは俺が求め、探していた言葉……何故かそう思った。

「俺はスズやセツラの為ならば、いくらでも間違えてみせる。たとえこの手がどんなに血に汚れようとも、俺はこの手でお前達を抱《いだ》いてみせる」

俺を抱きしめる母の腕に力がこもる。

「私はただの人殺しの道具だった。でもセツラが生まれてくれて、私のお乳で育ってくれて。私の血もただの毒じゃないって思えた……あなたが私を人にしてくれた」

母の涙が俺の頬に零《こぼ》れ落ち、ヒリヒリとまるで心の痛みを伝えているようだった。

「私はあなたが望むなら、この呪われた血すべてを流し尽くしても構わない。……だから、もうそんな顔をしないで……お願い……だから……嫌わないで……」

嗚咽まじりの母の言葉は、最後にはほとんど消えいるようだった。俺は、俺をこんなにも愛してくれている両親にいったいどんな顔を向けていたのだろう。

二人は罪を負い、血に呪われながらも溺れることなく前へ進もうと足掻《あが》いている。

俺は馬鹿だ。二人が俺の今際をニヤニヤと見ていたあの連中と同じなわけがない。

「おとおしゃん、おかあしゃん……だいしゅきだから、もうなかないで」

「ううぅ……セツラちゃん、ありがとう」

俺は何の誤りか暗殺者として殺されて。

俺は何の悪戯か暗殺者として生まれた。

女神様に導かれた俺の新たな人生は、もしかして前世の続きなのかも知れない。

前世で守れなかった何かを今度は探せ、守れ。そう言われているような気がした。


「ぼくもおとうしゃんと……おかあしゃんをまもる」

「俺とスズは、もう十二分にお前に守られているよ」

父は笑いながらそう言い、母は大きく何度も頷いた。

俺は決意を込めた大声で、もう一度気持ちを伝えた。

「ぼくに、まもるちからを、おしえてくだしゃいっ!!」

今度は……今度こそは大切な何かを守る力が欲しい。


そして十年の歳月が過ぎた。

第二章

『聖女の暗殺依頼』

「なっ、何を言っている⁉」

眼前の肥え太った男は震える声を振り絞って、そう言った。恐怖のためではない、怒りを押さえようとしているためだろう。

「――聞こえなかったのか？」

俺は目の前の男を煽るように、もう一度言う。

「死んでもらうと言ったんだ」

「貴様、わしは依頼者だぞ‼」

再度言い渡された死刑宣告に、とうとう男は怒声を張り上げた。テーブルをひっくり返しながら乱暴に立ち上がる。グラスや酒瓶が床に落ち、大きな音を立てて割れた。

朱色の果実酒が明らかに高価そうなカーペットに染み入ってゆく。カーペットをはじめ、この部屋の調度品はちぐはぐで趣味が悪い。壁に掛けられた絵画もまるで統一性がなく、ただ金にあかせて収集したものをでたらめに並べているだけだ。

この部屋の主人の人間性は部屋に足を一歩踏み入れれば、推して知る事ができた。

男はそんな自身そのものな部屋で一人、商売敵が転落した事に祝杯を挙げていた。

湯気の出ているような真っ赤な禿頭は、酔いのためか、怒りのためか既に判断がつかない。

「暗殺者ギルドへ抗議させてもらうぞ‼」

「好きにすればいいが、できると思うか？」

男は怒鳴りながらも、チラチラと扉の方の様子を伺う。大きな声や音を立てて護衛に知らせようとしていたのは知っている。残念ながら、とっくに無力化《死んで》している。

「ギルドへ依頼する際に虚偽の申請をしたな？」

涙ぐましい時間稼ぎに乗るのも癪だが、俺も一応スジを通しておく。

「依頼の殺害対象《ターゲット》は闇で違法な奴隷の売買をする商人『アナベル』。依頼者はガーストン商会の代表『ドルツ・ガーストン』。あんたで間違いないな？」

「そ、それがどうした！　どこに嘘があるのだ⁉」

「アナベルはアンタの取引相手で奴隷の違法取引はアンタの所の裏稼業だろ？」

「た、確かにそうだが嘘はついてないぞ⁉」

俺は懐から出した依頼書を続けて読み上げる。

「依頼理由はアナベルとの間で取引のトラブルが発生。善良な商人のアンタに、悪辣なアナベルが脅迫や妨害を繰り返した。そして、とうとう私兵を大量に雇い、一方的にアンタを殺害しようとしてきた……ここ、嘘だよな。俺が見たところ、お互い様。殺りきれなくて、暗殺者ギルドに助勢を依頼だろ？　依頼料すごいな」

「わしは大金を支払い、お前たちは仕事を受けた。それだけだろう？」

ドルツは凄みを利かせて静かに言った。酔いが覚めて多少冷静になったのだろう。

突然の来訪に多少は驚いたのかも知れないが、目の前にいるのは暗殺者といえど、明らかに子供。直接相対する分には、どうとでもできると判断したのだろう。

「暗殺者ギルドでも、その辺の裏取りはしてある。本当の理由が見せしめ、口封じ……何だろうと、どうでもいいこと。あえて確認していないだけだ」

「お前も一応は組織の一員だ。ならそういうコトだと分かるだろう？」

「ああ、まあね。所詮はゲス共の仲間割れ。アナベルが死のうが、アンタが死のうが、はたまたその両方だろうが、どうでもいいことだ」

「……ガキが!!」

俺の小馬鹿にした言いように既にドルツの怒りは限界だ。今にでも襲いかかってきそうだ。

「まあ、最後まで聞けよ。ここまでは、一応アンタを始末する為の理由《建前》な……本当、どうでもいいことだけど」

俺は依頼書を懐にしまうと、代わりに一束の金糸を取り出した。

「……こっちが俺の事情《本音》だ」

「なんだ、その小汚い髪は？」

「アナベルの所にいた奴隷から貰った依頼料だ。アンタら二人が潰した村から攫った少女のな。……アンタらのすべてが憎い、殺したい……そう言って死んだ」

「わしは奴隷の売買をしているだけだ！　そんな事は知らん!!」

「それは本当か？　証明してくれないか」

「ああ、もちろん嘘だ。女、子供以外すべて皆殺しにした。火を放った上に魔物の仕業に偽装した。アナベルを始末した今、わしを脅かすものは何もない」

ドルツは両手で口を塞ぐがもう遅い。俺の聖寵《固有スキル》『罪の真贋』の前では全ての嘘が露見する。

「俺のスジは通した。こっちの時間稼ぎも充分か」

俺は尖った親指の爪で人差し指の腹を軽く弾く。

付けた小傷から、赤い血玉が浮き上がってくる。

「糞ガキが！　死ねぇっ!!」

太った体の割に意外な速さで、俺に組み付こうと飛び掛かってきた。

俺は軽く半身になる。片足を残しておく……それだけで十分だった。

「ぷぎゃっ!?」

足を取られたドルッは勢いそのままに、全身を床へ激しく打付けた。俺はドルッの僅かに残った髪を掴み強引に顔を引き上げる。そして、引きつられ開いた口に、俺の血液を一滴垂らした。

「心配すんな、死なないから」

「…………!!」

「ちょっとの間……半日くらい、口と身体の自由が無くなるけどな」

俺の聖寵《固有スキル》『毒創生』は知りうる限りの毒や薬を自らの体内で再現できる。

そして扉の隙間から入る煙を見て、俺は頼れる相棒のそつの無い仕事を褒める。

「流石だな、丁度良いタイミングだ」

「……………!!」

「何を言っているのか分からないが続きはアナベルとやってくれ」

金色の髪を男の上にばら撒きながら、小さな声で呟く。

「ごめんな……守ってあげれなくて」


依頼者の屋敷を後にした俺は、少し離れた雑木林の中で程なく上がった火の手を眺めていた。

不意に、自分の中の力が底上げされたように感じ、能力値《ステータス》を思い浮かべる。

名前：セツラ　年齢：一〇歳　種族：人間　性別：男性
体力：B　筋力：B＋　敏捷性：A　精神力：A＋
魔法：【闇：A】
恩恵《スキル》：【短剣術：A－】【気配感知：A－】【気配遮断：A－】【夜　目：A　】
【毒耐性：S　】【恐慌耐性：A＋】【痛覚耐性：A－】【疲労耐性：A　】【身体強化：B＋】
聖寵《固有スキル》：【罪の真贋：S】【毒創生：S】【女神の封印：S】

称　号：暗殺者

体力、筋力の能力値《ステータス》がそれぞれ一ランク上がったようだ。どちらも年齢に頭を抑えられ上がり難く、他の数値より低い。能力値《ステータス》が変わったのは二年ぶりだった。

父や母と訓練に明け暮れ、日常的に更新されていた日々が懐かしい。

しかし終《つい》ぞ、聖寵《固有スキル》『女神の封印：S』の正体は分からずじまいだった。

名前からするに対象の『恩恵《スキル》』無効化、その最上位だと思っていたのだけど。

俺が過去に黄昏《たそが》れていると、突然傍らに気配が生まれた。

俺の気配感知をすり抜けた形だ。自信を失くす……俺はまだまだだ。


「お兄様……」


そして影の中より、音も無く一人の少女が現れる。

全身を覆う、俺と揃いの黒装束からその白い肌が浮かび上がる。闇に侵される事の無い雪白は、鋭利な刃物のようだ。切り揃えられた漆黒の髪の下に、鮮血のように輝く紅玉の瞳。母の面影を強く映し、すでに妖艶な美しさを漂わせている。

「キリカか、助かったよ」

「いいえ、元々お兄様には必要のない助力。私が勝手にお手伝いさせて頂いているだけです」

キリカは俺の隣に並ぶと、事後処理の報告をする。

「屋敷から持ち出した分で売られた方々の買い戻しと、今後の生活の手助けには十分かと」

「ありがとう」

「いいえ」

「キリカ、俺は……」

『間違えてはいないか？』と聞きそうになり、口を噤《つぐ》む。分かっている、俺のしていることは只の自己満足だな。

「……何でも無いよ」

「はい」

俺が『セツラ』として生まれ変わり、もう十年が経つ。そしてこの暗殺者としての仕事を始めて二年が経った。結局、俺は両親の望まなかった、同じ道を歩むこととなってしまった。生まれたときから、いやその前から定められていたかのような称号通りに。

裏から見て、よく分かったことがある。

この世界は間違いに溢れかえっている。

前世で俺がそうだったように、力の無い人々に理不尽な暴力は突然に襲い掛かる。

両親から学んだ『守る力』を生かす先は、両親が歩いた間違った道の上にしか無かった。

そして俺の選んだ道に、二人は反対も賛成もしなかった。ただ笑顔で送り出してくれた。

二歳下の妹《キリカ》は俺が父と母の元を離れると同時に、家出同然で押しかけてきた。

妹が生まれ、その小さな手を握ったときのことは今も忘れられない。

まさに俺にとって、守るべき『大切なもの』が生まれた瞬間だった。

そしてその思いは二人で暮らし始めてから日に日に強くなっている。

俺は妹を見て思う。俺は『大切なもの』を守れるようになっているだろうか？

妹《キリカ》は守る必要があんまり無くて、ちょっと分かり辛い……!?

「キリカ!! その腕はどうした!?」

「ひとりだけ手練れが混じっておりました。元暗殺者《はぐれ》らしく、少しだけ手こずりました。ですが、掠り傷。大丈夫です……あっ、お兄様!?」

ありえない程に狼狽した俺は、キリカの腕を掴み傷口を晒して凝視する。

真っ白な二の腕に赤い筋が一本。薄っすらとした切り傷からの出血は既に止まっていた。

「体調は大丈夫か!? 元暗殺者《はぐれ》なら毒を用いているかも知れない」

「少しだけ、手に痺れが……ですがごく弱いものなので、ご心配をなさら……あ!?」

俺は、聞く耳を持たずキリカの両肩に手をやり、引き寄せる。

「あ、あの? 私は大丈夫です! 大丈夫ですから!!」

「駄目だ、遅効性かもしれない! 油断はならない!!」

「……は、はい、わかりました……ですが、その……」

「どうした?」

「……こ、こころの準備を……」

キリカは俯き、消え入るような声で言った。

俺はキリカの身体をそのまま抱き寄せると――強引に唇を重ねた。

「――!!」

一刻の猶予もならない。毒の恐ろしさは、俺が一番知っている。キリカには残念ながら俺や母ほどの『毒耐性』は無い、父寄りだ。いままでも母のうっかりな『母性の暴走《スキンシップ》』で何度か命の危機に瀕し、その度に俺が介抱してきた。

舌を割入れ、粘膜を交わらせる。唾液を吸い上げ、キリカの身体に侵入した毒を探ってゆく。良かった……確かに弱い神経性の毒だ。キリカの『毒耐性』でも問題は無かったか？

母は聖寵《固有スキル》『毒堆積』により自らの身に貯め込んだ数万種の毒、その全てを俺に継承してくれた。それらは自然界に存在するあらゆる動植物、鉱物の毒を網羅しており、俺は未だ知らない毒に出会ったことは無い。

「……お兄さま……あっ」

妹が堰を切ったようにしがみ付いてくる。いつまでたっても甘えん坊だ、困ったものだ。

キリカの体内に残った毒に合わせて、俺の体内にて解毒薬を調合する。

そして口内を通じ少しづつ流し込んでゆく。よし！　これでもう問題無いな。治療終了だ。

「……ん……あっ……」

轟々と燃え盛る炎が、妹《キリカ》の頬を真っ赤に染めあげていた。

＊　　＊　　＊

妹《キリカ》の治療を無事終え、俺達二人はその日の内に暗殺者ギルドを訪れていた。

暗殺者ギルドには昼も夜も無い。むしろ、深夜の方がより活気づいているくらいだ。

暗殺者ギルドは他のギルド、冒険者ギルドや商業ギルド等とは違い、当然のことながら表立った組織ではない。その存在は所属する暗殺者と、利用する会員以外には完全に秘匿されており、入会する際には命を代償とした契約魔術にて、守秘を徹底される。

その役割は会員からの暗殺依頼の検証を行い、所属する暗殺者へ発注する仲介業務を主としている。依頼や事後のフォローをすることはほとんど無く、ギルドを通じた暗殺者同士の繋がりは皆無といっていい。

なので、今この場で起こっているような事は、ほとんど起こらない。


「エンジャさん、セツラさん!、や、やめてください!!」

受付嬢のメーファさんの叫び声が、ギルドホール内にこだまする。

いや俺が仕掛けたわけじゃないです。一方的に攻撃されているだけだから。

「ヒィッ!?」

「大丈夫ですか？」

「あ、ありがとうございます、キリカさん」

投げナイフを眼前で受け止められ、メーファさんの顔は蒼白になっていた。

ギルド内には暗殺者と職員が数名。職員の方はキリカに任せておけば問題ないだろう。

流れ玉《ナイフ》に当たるような暗殺者《マヌケ》はこの際どうでもいい。

四方八方から襲い掛かる凶刃《ナイフ》を躱しながら、俺はどうしたものかと考える。延々と攻撃を加えてくる目の前の男を制圧するのは、やぶさかではないが。

「セツラ、てめえ、またやりやがったな!!」

「一応聞くけど、どの件かな？」

心当たりが有りすぎた。

「ドルツの件に決まってんだろうが!!」

「ああ、奴は契約違反だったから、粛清しておいた」

「てめえの仕事じゃないだろうがっ!!」

驚きだ、まだ一刻もたっていない。この男『エンジャ』は耳が相当良い。腕は全然だけど。

エンジャは俺を中心に円を描くような移動を続ける。そして死角からナイフを投擲してくる。

適確に急所ばかり狙ってくるが、こんなのは当然囮だ。そんでもってこっちが本命。俺は躱《かわ》した先に、置かれるように放たれたナイフを移動のついでに踏みつける。

まずは俺の機動力を削ぐ作戦だろう。足首狙いが執拗でバレバレだってての。

当然それらは、エンジャの攻撃とは真逆の方向から飛んでくる。傍観している暗殺者《ギャラリー》に取り巻きどもが紛れていて、かなり鬱陶しい。

幸いここは、地下で密閉された空間だ。睡眠だろうが、麻痺だろうが、致死だろうが、好きなだけばら撒き放題なわけだが……暗殺者《同業者》はともかく、職員を巻き込むのは気が引ける。

それに、こんなくだらない争いで、手の内を晒すのは馬鹿げたことだ。

お得意の初見殺しを潰されエンジャの顔が醜く歪む。攻撃を中断すると俺に抗議を始めた。

「ドルツは俺の上得意客だったんだよ!!」

「なるほど……で、それが何か？　言っとくけど、俺への指名依頼だから」

しれっと言う俺に、エンジャの顔は怒りで赤黒く変色していった。

「ガキが、手前《てめえ》は俺の稼ぎ口を潰したんだよ、落とし前つけてもらうぜ！」

「まるでチンピラだな。俺は依頼をこなしただけなんだけど。少し余分に」

「俺がチンピラなら手前《てめえ》は何だ、盗人か？　ご丁寧に火ぃかけて証拠隠滅したって分かるんだよ！よこせ!!　盗んだ金品全部。そしたら見逃し……くっ!?」

短刀の刃がエンジャの首に押し当てられていた。

キリカが死神を思わすような無表情で、エンジャの陰から姿を現した。

「それ以上お兄様を愚弄すると……いえ、もう十分でしたね」

一瞬で膨れ上がる殺気。俺を含めここに居る者全てが床に転がるエンジャの首を幻視する。

「やめろ、キリカ」

短刀は少しだけ横に引かれ、静止した。危ない、完全に本気だったな。

「申し訳ございません」

キリカは刃を収めると、そのまま影の中へ沈んで行った。

ああっ、泣きそうな顔をしてた。可哀相に、あとで慰めてあげないとな。くそっエンジャめ。

「――ガキどもが、舐めやがって」

エンジャは自分の首に手を当て、返ってきた血を見て逆上していた。遅れをとり負傷したことにではなく、殺し合いにおいて年端もいかない子供達に情けを掛けられたゆえの怒りだろう。

力量差は歴然。なんせ俺はまだ、ナイフの一本すら抜いていない。

しかし面倒なことになった。今後はこういった事態が起ることも考慮する必要があるのか。

さてどうしたものか。どう決着を付けても、遺恨は残るだろうな。

この程度の手合いだ。放って置いてもさほど障害にはならないが、鬱陶しい事この上ない。


「――我が魔力を喰らいて灼熱の炎よ、全てを焼き尽くす……」


俺の考えを尻目に、エンジャが唐突に呪文の詠唱を始めた。

「お、おい、あの呪文は確か火系の中級呪文『爆炎輪舞《フレイムロンド》』じゃあ」

「馬鹿な！　こんな場所《地下》で使ったりしたら、生き埋めになるぞ!!」

「やめてください!!　これ以上はギルドとしても、もう見過ごせません!!」

地下の密閉空間で火系の呪文を使ったりしたら、どうなるかなんて駆け出しの冒険者だってわかる。運よく生き埋めを免れたとしても、術者もろとも酸欠で全滅だ。いくら頭に血が上っていたとしても、流石にそれはあり得ない。

このまま恐慌状態に陥れば、余計な犠牲が出てしまうかも知れない。それに万が一もある。この場には妹《キリカ》もいる。巻き添えだけは勘弁だ。

俺はエンジャが詠唱を終える前に問う。

「おい、本当にその呪文使えるのか？」

「は、使えるわけねえだろうが、俺は暗殺者だぞ。魔術師でもあるまいし」

『罪の真贋』はこういった使い方もできる。詠唱に割り込んで術をキャンセルさせた。

まあ、必要なかったわけだが。場は呆れた空気に支配され、固まっているエンジャが若干気の毒になった。俺の哀れみの視線にエンジャは我に返り、信じられない言葉を続け放った。

「ふっ、爆炎輪舞《フレイムロンド》～!!」

「「っ、続けんのっ!?」」

突っ込みがいたるところから飛ぶ。もはや先ほど前での緊張した空気も消し飛んだ。

当然、炎も熱風も現れない。しかし俺の視界は突然の黒い霧に覆われる。

闇系魔法『闇霧《ダークミスト》』。暗殺者なら大抵は扱うことができる呪文だ。

その効果は黒い霧を発生させ、対象の視界を奪うというもの。

効果範囲や時間は術者の能力値《ステータス》に依存する。目くらましや、身を隠すためだけに使われる呪文だ。

が、実は応用性が高く、俺も好んでよく使う。

手下の一人がこっそり呪文を唱え、エンジャの偽魔法《フェイク》にタイミングを合わして魔法の発動。という駆け引きだったのだろうか？

「死ねぇ〜!!」

もはや暗殺者でも何でもないな。

暗闇の中、横なぎに湾曲刀《カトラス》が俺の首を狙ってくる。下がって避けるのも面倒だ。

俺は手甲で刀の側面を下から叩いた。弾かれ《パリィされ》た刀は軌道を変え、無防備なエンジャの姿を晒すと思われた。

しかしそこにあったのは、奥の手が成功し喜色満面の男の顔。含み針を吹いた、窄《すぼ》んだ口がそのままで非常に気持ち悪い。あえて悪手を打ち油断を誘ったのか？　本当に妙に頭が回る。

しかし、どうにも俺はこういう駆け引きが得手ではないな。

「ちいとばかり腕がたつからと油断したな、セツラぁ〜!!」

「お兄様っ!!」

心配しなくていい、ワザとだから。お兄ちゃんを信じて。

俺は首筋に刺さった、小指の第一関節半分ほどの長さの針を抜いた。当然のことながら、毒が塗られているな。まあまあ、悪くは無い毒だ。

数種の生物毒、主に蛇毒を混合して致死性を高めてある。

だけど暗殺者向きとは言い難い。出血毒は余計だろう。

「もう、死んだぞ手前！　ひゃははははは〜!!」

「ほら、返すぞ」

「ははははぁっ!!　なぁ!?」

俺は抜いた針を隙だらけの首に、同じように刺して返した。エンジャは一瞬呆気に取られるが、後ろに退きながら距離を取ると、噛みつくように言った。

「馬鹿かテメエ!?　自分の使う毒の対策をしてない暗殺者がいると思う……あがっ!?」

エンジャの驚愕があたりに響く。

「あぐぁ、あがががっ、な、何しやがったあがぁ!?」

「馬鹿かアンタは？　手の内を明かす暗殺者《あんさつしゃ》がいると思うのか？」

俺は懐から丸薬を一つ取り出し、倒れて苦しむエンジャの口に放り込んだ。

ほどなくエンジャの発作と痙攣は収まった。

そして身体を起こすと間髪入れず、俺に食って掛かってきた。

「……俺を生かしたこと、後悔すんぞ」

知ってる。暗殺者なんて連中は大概そんなもんだ。本来は殺してしまうのが手っ取り早い。

「忘れんなよ、今日から手前に安息はねえ……っておい!?」

「メーファさん、すみませんでした」

「え？　いえ、でもいいんですか？」

俺はとっくに踵を返し、本来の目的であるメーファさんの受付に並んでいた。

「て、手前、無視すんな！　ぶっ殺すぞ!!」

負け犬が吠えている。君さっき、俺に殺されかけたよね？

「一つお願いがあるんですが。いや、ぶっちゃけ聞いてくれなくてもいいです」

俺はそう言うと、エンジャに飲ませた丸薬を一つ、カウンターに置いた。

「あいつが来たときに渡してください。月に一回服用しないと死んじゃうんで」

「なっ!?」

「俺も来る度に一つ持ってきます。俺が死んだら、まあ残念ですが……」

「いえ別に残念ではないですが……あ、セツラさんの事じゃないですよ」

「手前ら、ふざけんなよ！　お、俺は騙されねえぞっ!!」

「試してみたらいい。あとその毒は俺の特製だ。この薬も俺にしか作れないと思うぞ？」

「……手前、いったい何がしたいんだ……」

「俺が勝ったんだ、アンタの生殺与奪は俺次第だろ？　殺す程のことも無いと思っただけだ」

「…………」

エンジャはもう何も言葉を発さない、ただ俺を殺さんばかりに睨みつけていた。

「アンタはもう、俺無しでは生きられない」

「きゃあっ!!」

メーファさんが顔を覆って身を捩《よじ》っていた。

何故かエンジャまでもが顔を赤くして俺から目を逸らす。

「お兄様、そ、その言い方は少し……その、勿体無いです」

あれっキリカも。俺なんか変なコト言った？


そして、エンジャは『覚えてやがれ』と捨て台詞を吐いて、ギルドから出て行った。そこは『覚えておいてください』だろう。死んじゃうぞ？

後に追随したのが三人。あれが手下か、結構混ざってたな。

俺は本来の目的を成し遂げる為にあらためて受付へ、メーファさんと向いあう。


「お騒がせしてすみませんでした」

「いいえ、エンジャさん達《あのひと》、ちょっと最近目に余ってましたから」

「後で一瓶分お渡ししますね、面倒だから」

「ええ、有効に活用させていただきますわ」

メーファさんは俺の渡した丸薬を摘み上げ、微笑を返してくる。

ポニーテールにしたサファイアのようなツヤのある緑髪が軽く揺れた。

同じ色の大きな瞳を細めて悪戯っぽく笑う大人の女性に俺は、美人受付嬢はギルドの鉄則だなと心から思った。うん、すごくいい。

隣の妹から殺気よりの圧迫感を感じるので、その辺にしておく。

「あらためて、依頼達成の報告をさせていただきたいのですが」

「あ、はい！　闇の奴隷商『アナベル』の暗殺依頼の分ですね」

「すみません。アナベルから得た情報に基づき、依頼者『ドルツ・ガーストン』を尋問したところ敵対行為を取りましたので、抗戦。そして処分に至りました」

メーファさんは依頼書と資料をパラパラと捲りながら呆れ顔になる。

「仕方ないですねえ、セツラさんですから」

「本当にすみません」

謝ってばかりだ。俺は敵意や害意の無い人にはとことん弱い。

「キリカさんも大変ですね」

「いえ、お兄様の成される事に一切、間違いはございませんので」

労いの一言だったのだろうが、キリカの即答にメーファさんは目を丸くして言葉を失っていた。

客観的に見て、間違いだらけなのは自覚している。妹が痛い子に思われるのは兄としては辛い。

メーファさんは小さな咳払いを一つして、何も無かったかのように続けた。受付嬢の鑑だ。

「何度も聞いて、ご存じだとは思いますが、規則ですので説明させて頂きますね」

「いつも、お手数をおかけします」

「まず、依頼者が死亡しておりますので、依頼料は支払い済みの手付金のみとなります。依頼者が仕事の評価もできませんのでポイントも加算されません」

「はい、大丈夫です」

「それでは、こちらが報酬の金貨五枚となります。ご確認ください」

手付金は報酬の五%だ、俺は金貨九五枚を棒に振ったことになる。

こんな調子なので俺は随分と前から下級のランクから動いていない。まあ俺の場合、上からの指名依頼がほとんどどなので、さほど問題は無いが。

「確認しました。問題ありません、ありがとうございました」

俺は渡された革袋の中身を一瞥《いちべつ》すると、即座に答えた。

ここに長居していてはロクでもないことに巻き込まれると経験が告げる。とくに今は揉め事も収まり、いい頃合《タイミング》いと言えた。


「まったく、いつもいつも問題ばかり起こしてくれますよね、セツラ君は」


話しかけられるまで認識することができなかった。いや、いまだにその気配は希薄で、あえて気配を晒しているのが分かる。隣でキリカが『ぐぬぬ』と可愛らしく呻《うめ》いている。

いつものことながら肝が冷えるな。戦闘状態ならいざ知らず。

「いや、出てくるタイミングがおかしいでしょう?」

「本当ですよね……すみません、至らない責任者で」

いつの間にかメーファさんの後ろに胡散臭過ぎる長身の男が立っていた。

「おいおいメーファ君、僕はとても忙しいんだよ、その評価は心外だなあ」

ほら、狙いすましたようにギルドマスター《ロクでもないモノ》が現れた。

撫でつけた長い銀髪は頭の後ろで一つに纏《まと》めてある。

しかしその容姿はとにかく印象に残りづらい。常に浮かべている薄笑いと、怪しげな片眼鏡《モノクル》のみが数少ない特徴と言えた。

「今年に入って何人目ですか？　依頼者殺し」

「さあ？　ギルドも会員の選定を、もっと厳密にした方が良くないですか」

かみ合わない会話に、ギルドマスターはため息を一つ着いた。

「その辺を見越して、そうなっても問題ない案件をお願いしてますけどね」

「ご期待に添えてるようで何よりです」

俺は慇懃無礼に受け流しながら、それを期待してるクセにと心の中で毒づく。

暗殺者ギルドを上手く利用できると勘違いする連中はいつでもいる。そういった連中は、今回のように任務のついでで処理してしまえば、ギルドとしても手間が省け、見せしめにもなる。

もしそこに判断の誤りがあっても、現場の人間を切り捨て《始末して》てお終い。暗殺者ギルドはどこまでもシンプルな組織だ。

とはいえ、あの依頼書の内申の手抜きはあからさま過ぎるだろう。

あえて俺をそう誘導するようにしてあるのは明白だった。近頃、厄介事が加味された依頼ばかり回されている。

俺、いやキリカも随分と疲れているはずだ。また面倒事を押し付けられる前に帰りたい。

「セツラ君、大切なお話があります。少しだけ構いませんか？」

ほらきた……ああ心底、帰りたい。


俺とキリカは受付カウンター奥、ギルドマスターの執務室へ通されていた。今は、簡素な応接テーブルに、向かい合った形で座っている。

ギルドマスターは本日何度目かのため息をついた。ワザとらしい。

「本当に、あなた方二人は、あの方達にそっくりですよ。自由奔放で」

目の前の男、ギルドマスター『ベゼル・グラッセ』は両親と知己《ちき》であり、過去に任務を共にしたこともある……らしい。

十年前に現役を退き、今では管理職。この街『ブクマルケ』のギルドマスターだ。ブクマルケは首都ルージュティアからは遠く離れ、ロシュグリア公国よりに位置するが、フォーンバルテ公国において、第二位の規模を誇る街だ。

そんな街の暗殺者ギルドのギルマスに収まっているほどの男だ。

その実力が少しも衰えていないのは、相対すれば否が応でも分かってしまう。

今、俺の眼には若い青年と映っているが、両親と同世代と考えるとそれなりの歳は重ねているはずだ。とは言っても二人とも同様に若々しいし、母に至ってはキリカと姉妹にしか見えない。

ここに拠点《ブクマルケ》を置き、暗殺者ギルドに登録した際、ベゼルから両親との顛末は聞かされた。

そして便宜を図るとの名目で、色々と面倒事を押し付けられるのが日常となってしまっていた。

「はあ、まあ俺と父は分かりますがキリカは……確かに容姿は似てきましたけど」

母は少なくとも家では家族にデレッデレだ。仕事の顔は違うのだろうか？

「キリカさんとスズさんですか？　似てますよ。白いし、女だし。それよりセツラ君です!!」

「えっ!?　あ、はい」

我ながら間抜けな返事だ。

「私はセツラ君を初見から、一目でロウさんのご子息だと気づきましたよ!!」

テーブル越しに乗り出してくる、ベゼルの糸目は有らんばかりに開かれていた。

「獣のような眼光、されど奥に見え隠れする知謀の煌《きらめ》き。小さいながら完成されていると言っても過言ではない躯体。しかし幼いが故にまだ成長の余地を多分に残し、その存在は可能性の奇跡と、私は評します!!」

ベゼルは立ち上がると身振り手振りを加え、興奮冷めやらぬ様子で語り続ける。

「そしてその能力は私の想像を遥かに上回り、依頼者殺しがなければ私の権限でとっくに上級暗殺者に推挙しているところです!!」

うわぁ気持ち悪い。俺とキリカの情報量の差たるや……これは駄目な奴だ。

テーブルの下で俺はキリカの手を握る。部屋に入った時から張り付いている営業スマイルに変化がないが。小刻みに震えていた。我慢してくれ、こんなんでも、まだ勝てる気がしない。

「そうです！　今度食事でもどうですか⁉　ロウさんとセツラ君のことは、まだまだこの程度で語り尽くせるものではありません‼　場所を変えてゆっくりと」

「ずるいですベゼル様！　じゃあキリカちゃんは私が貰います‼」

お茶を運んで来たメーファさんが乱入してきた。

何が『じゃあ』なんだろう。俺のほのかな憧れを返して欲しいな。

「いっしょにご飯を食べて、いっしょにお風呂に入って、いっしょのお布団で寝ましょう！　女の子同士だから全然問題無いです！　大丈夫だから‼」

「大切な話をしているんですから、君は早く仕事に戻りなさい‼」

「ずるいです！　ずるいです！　職権濫用ですぅ‼」

いつのまにかキリカの震えが収まっていた。

俺は不味いとばかりにキリカを覗き込んだ。そこにあったのは暗殺対象《ゴミ》を見る際の、いつもの無表情。しかし目には光が無く、手は氷のように冷たくなっていた。

「お、おいキリカ⁉」

失神していた。怒りが振り切れて、自制が効かなくなる前に自らスイッチを切ったのだろう。

俺に迷惑をかけまいと……健気な妹だった。

「ほ、本当だぞ！　本当に大切な話があるんだ‼」

「私だって、キリカちゃんを大切にしたいです‼」

それに比べて、駄目な大人たちの醜い争いは収まる気配がまるで無かった。

そののち、本当に『大切な話』はあった。

一応、大人達の名誉の為に言っておこう。

＊　＊　＊

「……ここは……私の部屋？」

白い人形のような細面に、赤い瞳が薄っすらと見開かれた。

「目が覚めたか？」

「おに……お兄様」

「無理するな、もう少し横になってな」

「はい……私はいったい？」

俺は妹《キリカ》の布団を整えると、椅子に座り直す。目覚めたキリカは少しの間、ぼーっとした様子で天井を見つめていた。恐らく途切れた記憶を探っているのだろう。

ここのところずっと依頼尽くめだったからな、知らずのうちに疲れも貯まっていたんだろう。暴走してもおかしくない場面に無意識がリミッターを掛けたのかも知れない。

頼りになるしっかりとした妹とはいえ、まだ幼い。俺は己の不徳を恥じた。

「ごめんな、キリカ。気づいてあげれなくて」

「ええっ？　お兄様なにを⁉」

俺は妹に頭を下げたまま言った。

「お前が、いっぱいいっぱいになってたのに気づいてあげられなくて」

「そんな、私は全然大丈夫です‼」

キリカはベッドから身体を起こし、自分は大丈夫だとアピールする。

そして些細なことに気づき、怖ず怖ずと尋ねた。

「……あの、私、パジャマに」

「ああ、俺が着替えさせたよ」

キリカは俯いたまま動かない。

俺、何かおかしなこと言った？

俺に世話を掛けさせたことに負い目を感じているのだろうか？

いつも全部自分で抱え込んでしまう妹よ、たまには兄を頼れ。

「なんだ、兄妹なんだから、それくらいの事、気にするな！」

「はい……もう……気にしません……でも」

妹《キリカ》は小さい声で呟くと、熟れた果実のように真っ赤になった顔を上げる。

「……でも、でも少しは気にしてください‼」

眼いっぱいに涙が溜まり、決壊寸前だった。

「え⁉　あ、あの、キリカ……どうかした？」

「お、お、お兄ちゃんはいつも、いつも……」

「お、お兄ちゃん!? って俺？」

「いつも、いつも、私の心を弄んでっ!! 大っ嫌いっ!!」

枕が飛んできた。動揺した俺の顔面に直撃して、視界を奪う。

「ちょっ待て！ お、落ち着けキリカ！ うわっ!?」

俺は椅子から転げ落ちながら、無様に第二陣を回避した。壁に突き刺さった小刀が所在なさげに少し震えている。キリカは泣き喚きながら矢継ぎ早に得物を投げ続ける。

『匕首《あいくち》』『針』『苦無《くない》』『鉤爪』『寸鉄』『鎖鎌』……お兄ちゃんとしてはヌイグルミとか、もっと女の子らしいモノの方を所望なのだが、いかんせん育った家庭環境が悪すぎた。

俺は成るだけ周囲を荒らさないようにと、嵐が去るまでの間、それらを受け止め続けた。


あの小さな身体のどこに、これだけの武器《エモノ》が……女の子の身体は秘密が一杯だ。

「……申し訳ございません……お兄様」

感情を爆発させた妹が落ち着く頃には、部屋は武器庫のようだった。

「気にすんな……いや、今度こそ本当に、気にするな！ な!!」

「……はい」

「それに、俺が悪かった。今度から気を付けるよ。その、勝手に着替えさせたりとか、兄として配慮が足りなかった」

俺は少々無神経だったかも知れない。妹も成長しているのだ。

昔はよく朝ぐずる妹を無理やり脱がして、着替えさせた……あれ、そんなことあったか？

妹《キリカ》が俺の手を煩わすなんてこと、あるわけないような気がする。


「……そんなこと、どうでもいいんです、そんなことはっ」

キリカは、今度はさめざめと泣きだしてしまった。俺は椅子から立ち上がりベッドに座る。

そしてキリカを抱き寄せて頭をやさしく撫でた。

「……お兄ちゃぁん、う、う、うぁあああん!!」

キリカは俺の胸に顔を埋め、思い切り泣いた。

それにしても『お兄ちゃん』なんて呼ばれたのは久しぶりだな。

前世の記憶を持ち、幼い頃から自らの『恩恵《スキル》』と『能力《ステータス》』に目覚めていた俺が大人達の世界と関わるのに、そんなに時間は掛からなかった。

妹はそんな俺に憧れの眼差しを向けては、いつも影のように付いて回ってきた。俺以上の才覚を両親から受け継いでいたとはいえ、大変なことだったと思う。そして、あの事件が起き……あの時も俺は力が無くて、何もできなかったな。

それ以降、キリカは今のような語り口調になってしまい、俺のことを『お兄様』と呼ぶようになった。最後に『お兄ちゃん』て呼ばれたのはいつ頃だったろう……随分昔に感じる。

四歳の時……あれ、六歳の時だったか？

俺は混線するような記憶の中の妹に困惑する。
不鮮明で良く思い出せないモノが混ざるのだ。
何か、何かおかしい。
俺は無意識に妹を強く抱きしめていた。
得も言われぬ不安を紛らわすように、俺の守るべき『大切なもの』を……

「お兄ちゃ!?　……お兄様」

俺は知らない。

寒さを、餓えを、怖さを……震えながら抱きしめ合って、笑い合ってた。
兄妹で紛らわせ合ってた……そんな日々があったことを、俺は知らない。

*　*　*

「聖女の暗殺……ですか?」

「ああ、正確には『聖女候補』だがな……暗殺依頼がギルドにて下達された」

妹《キリカ》が倒れた後、ギルドマスター《ベゼル》から伝えられた『大切な話』は、この世界の根幹を揺るがしかねない内容だった。

キリカは驚く素振りを見せるも、すぐに心配した顔で俺に問う。

「それは、お兄様への指名依頼なのでしょうか？」

「そうだ。まあ、あくまでブクマルケ支部に於いてのものだけどな」

「他の支部や本部でも依頼を受ける暗殺者《もの》が居るということですね」

俺は静かに頷いた。キリカは頭の回転が速く、話も早い。

「しかし、考えるほどにあり得ない依頼です……聖女の暗殺に何者かの思惑や、利害関係があるとしても」

「ギルドがそれを受ける理由が見当たらない」

「はい、暗殺者ギルドは誰かれ構わず始末するような組織では無いはずですが」

「しかもよりによって、暗殺対象《ターゲット》は聖女様だ」

「成否に関わらず、露見すれば暗殺者ギルドとそれに関わるすべてが世界から駆逐される。そう考えても大袈裟ではありません」

俺は思案に暮れる妹に更なる情報を伝える。順を追わなければ余りに衝撃的な話だからだ。

「今回の依頼主は、エルロート教だ」

「そんな、まさか？　それでは、依頼主は私達の……」

「ああ、俺達の雇い主……リリィエルロート神聖国だ」

俺達兄妹をしばらくの間、沈黙が支配した。


この世界はエルロート教の『聖女』によって成り立っている。

それは経典で伝えられる神話の時代の話。

千年以上の昔、俺達の暮らすアルヴェリア大陸は魔族とそれに率いられた魔物の、大規模な侵略に晒された。そして、そのまま滅亡する運命にあった我々人類に、救いの手を差し伸べたのが、後に光導神と呼ばれる『女神リリィエル』だ。

女神リリィエルは、各地に複数の『光の結界』を施し、魔族の行軍を食い止める事により、人類の生存圏を確立した。それ以来、千年の長きに渡り結界の維持・管理を務め、担うのが、女神の力を授かりし『聖女』と呼ばれる乙女たちだ。

神話の時代より、世界を守ってきた『女神《光》の結界』。しかし近年『聖女』不足による結界の綻《ほころ》びが各地で認められており、魔物の大量発生による被害は増大しつつある。

今はまだ、魔族の目撃はされていないが、生息するとされるヴェルドフェイド公国北、大森林地帯への重点的な結界強化はリリィエルロート神聖国においても最重要使命である。


「どう考えても、自分達の首を絞めるような話だな」

「依頼理由はどうなっているのですか？」

「当然ながら、機密扱いだそうだ」

「初めてですね、このようなこと」

「俺達は初めてだが、珍しい事では無いらしい。所詮は使い捨ての便利な道具だ」

暗殺者ギルドがエルロート教の特務機関『七使徒』の裏の顔なのは、ごく一部の人間のみが知りうる事実である。

『暗殺者ギルドに気を許すな』

俺は両親から、そう示唆された事により調査を始め、そこに辿り着くに至った。

自嘲的ともとれる俺の態度の奥底にある本音に妹《キリカ》は気づいていた。

「お兄様はどうなされたいのですか？」

「……受けたいと思っている」

そうだ、俺は正直待っていた。暗殺者ギルドに、教会が接触してくる機会を。

十年前、俺は奴らに命を、すべてを奪われた。

その際、俺に直接手を下した男の手口は暗殺者のモノだった。

そして、俺は生まれ変わり、今、暗殺者としてここに至った。

新しい人生を手に入れてなお、俺の運命は途切れずに続いているように感じていた。

何の意味も無く、終えたラエルという俺。

そのまま連なり生まれたセツラという俺。

俺は女神様の導きに何らかの意味があると思えて仕方なかった。

それに俺はこの数年間、暗殺者として過ごし、感じ続けていた。

この世界は間違いに溢れかえっていると。

それが教会や聖女によるものなら、俺は躊躇《ためら》わずこの力を振るう。

「ならば私はいつも通り、お兄様のお傍《そば》に」

「キリカは俺が守る……絶対にだ」

「私はいつだって、お兄様に守られてます」

妹《キリカ》のいつも通りの穏やかな口調に張り詰めていた気持ちが緩む。

「だから、私にも少しくらいは、お兄様を守らさせてください」

俺にしか見せることのない月明かりのような、嫋《たお》やかな微笑。

俺は妹の笑顔に何故だか、ほんの少しの寂しさを感じていた。

＊　　＊　　＊

「じゃあ、坊主がしっかりと嬢ちゃんを守ってやんなきゃな」

「はい、妹は僕がちゃんと守ります!!」

俺は年相応の少年のような熱さで、護衛の冒険者に返した。

これ恥ずかしい……と居たたまれずにいると、隣のキリカさんの瞳は潤んでいた。

男は、うんうんと頷きながら、豪快に笑った。

自身をBランクの冒険者と称し、その剛毅な雰囲気と相まって、周囲の人々に安心を振りまいている。傷だらけの使い込まれた皮鎧は歴戦を物語っているようだった。

「俺の名前はガルツ！　道中困ったことがあれば、何でも言いな!!」

「ありがとう、おじさん!!」

「馬鹿野郎！　俺はまだ独身だ!!」

なんだか懐かしいやり取りだな。

流行ってるってことは無いか。あれは十年前だったな。

ここはリリィエルロート神聖国へ向かう乗り合い馬車の中。

商人達の複数の荷馬車とその護衛に便乗する形で、十名程の旅客を乗せた幌付きの馬車が街道を進んでいた。荷馬車群は交易都市ルージュティアに向かっており、途中まで同じ道のりだ。

暗殺の執行期限はおよそ一ヶ月後。『聖女候補』が『聖女』になるその日。

聖女の戴冠式までとの通達だった。

忙しさの中、妹《キリカ》に知らずの内に無理をさせていたこともあり、休養と気晴らしも兼ねて、馬車でのんびりと進むことになった。

俺達がその気になれば、ぶっ通しで走り続けて三日程で聖都まで到達できる。しかし馬車の速度では途中、宿場町に泊まりながらになるので十日は掛かるだろう。

俺のその無駄とも取れる提案をキリカは喜んで承諾してくれた。

そう言えば、兄妹でこういう普通の旅はしたことが無かったな。

子供の二人旅は珍しいのだろう、俺もキリカも絶えず話しかけられたりしている。人見知りと思っていた妹に少し心配をしていたのだが、意外にも終始機嫌がいい。俺の隣で言葉少ないながらも、ニコニコと笑顔で受け答えをしていた。

「こういうのも悪くないな」

俺はゆったりと流れゆく風景を眺め、目を細めた。

俺はひとときの間だけ任務を忘れようと心がける。


実のところ、件の『聖女候補』について知り得ることは、ほとんど無い。

もたらされた数少ない情報によると、現在は他の『聖女』の『結界守護の巡礼』に同行しているということ。巡礼は目的地、行程、規模等、すべてが秘匿されており、その所在は暗殺者ギルドにおいても掴めていない。

そして、戴冠式にあわせて『聖女候補』は『聖女』と別れてリリィエルロートへ単独で入国するということ。

『結界守護の巡礼』同行中は特務機関『七使徒』に守られ、ギルドの精鋭といえども、任務の遂行は困難を極める。

結果、暗殺のチャンスは『聖女候補』がリリィエルロート神聖国にて過ごす、たったの数日間だけと言えた。

聖都において『聖女候補』の情報を入手できない今、あえて急ぐ必要は無……。

心地良い風の中、とりとめのない考えのうち、俺はいつの間にか眠りに落ちていた。


そして、くりかえされる、あの日の悪夢。

もう既に視界は歪み男達の顔は見えない。

無力に死んでゆく俺を見て皆笑っている。

そして、何度も何度も俺は殺され続ける。

大切なものを何度も何度も奪われ続ける。


『……ィアナ』


「……兄さん、兄さん!!」

「……リカ……キリカ!?」


「兄さん……良かった。酷くうなされてたから、私、心配で……つい」

「あ、ああ、俺は寝てたのか……ごめんな」

ここ数日、手頃な宿場町が無く野営になった。護衛の冒険者達が交替で見張りをしていたが、当然俺は彼ら任せにせず、周りに気を配っていた……とはいえ、信じられない油断だ。

「ううん、兄さん疲れてるんだから仕方ないよ、もう少し休……お昼寝したら？」

「いや、もう大丈夫、十分だ……しかし、風が気持ちいいな」

「そうだね……ホント……」

キリカが俺と同じように目を細め、風を感じていた。

靡《なび》かれ頬にかかった黒髪を抄《すく》うような仕草でよける。

今日の妹《キリカ》は当然のことながら、いつもの闇に溶け込むような黒衣ではない。年相応の、少しばかり身綺麗な商家の娘子の様相だ。

「どうかした？」

俺の視線を受け、妹《キリカ》は少し恥ずかしそうに尋ねる。

「いや、可愛いなと思ってさ」

「おっ、おおおお、お兄様!!」

キリカは一瞬で素に戻り真っ赤になる。

俯《うつむ》いて押し黙った妹の頭からは、湯気が立ち登っていた。

ちょっとからかいすぎたかな？

キリカは綺麗だの、美しいだのといった、他人の賛辞にまるで表情を動かさない。

しかし俺が年相応に扱って、褒めてあげると途端にこうだ。

昼下がり緩やかに進む馬車の中、自然と会話は減り、うたた寝する者もチラホラ。

俺達二人はそんな中、ごく自然に、普通の兄妹（？）のやり取りを楽しんでいた。

そして、束の間の平穏は長く続かず、静寂を壊す大声が馬車のあいだに響き渡る。


「魔物だぁ――っ!!　魔物が現れたぞ――!!」


俺とキリカは頷き合う。ここは護衛の冒険者に任せるべきだろう。

先ほどの護衛の男ガルッツが馬車から乗り出す際に目が合った。任せとけとばかりに円形盾《ラウンドシールド》ごしにサムズアップを投げてくる。

俺も頼んだよ！　とばかりに親指を立てた。

俺はこういう男が嫌いではない。

太陽の下、人々を守る生き方を選択した冒険者たち。

かつて、俺を守ろうとしてくれた人が言ってくれた。

『実に栄誉な仕事だ』と。

それは、前世での自分に示されたひとつの道だった。

今となっては取りこぼした人生への感傷に過ぎない。

まわりの気配を探る妹《キリカ》の横顔を見ながら、俺はそう自分に言い聞かせた。

＊　　　＊　　　＊

「どうだった？」

「余り思わしくないようです」

偵察を終えて、帰ってきた妹《キリカ》の報告を受ける。

俺達の居る乗合馬車は最後尾に位置している。

戦端は丁度、先頭の馬車が森に差し掛かった頃に開かれ、ここからは馬車の幌のせいもあり状況が把握しづらかった。

俺達は他の客に聞こえない程度の小さな声で話を続けた。とは言っても皆、目を閉じ、手を組み合わせ女神様に祈りを捧げている。自分達のことで精一杯で周りを気にする余裕などはなかった。

「敵対戦力と、護衛の布陣の詳細を頼む」

妹《キリカ》の斥候能力は俺より遙かに優れている。

「はい、おそらくはオーガ系変異種が五体、一体は討伐済みです。特に連携は取られていませんが、集団で待ち伏せをしていたようです」

「最悪の場合、挟撃もあり得たわけか」

「他にも森の中で複数の魔物の気配はしますが、全て小さなもので様子見の類です」

「おこぼれ待ちか……無視していいな」

「こちらの状況は護衛の冒険者が八名、馬車をかばう形で展開しています」

「既に三名が戦闘不能状態か……確かに押し切られるのも時間の問題だな」

オーガ系、それも変異種となるとBランク冒険者では、単体で相対する事は難しい。

乗合馬車の護衛《ガルッ》の男を基準に考えるとしても単純に数の上で負けている。

「お兄様、どういたしますか？」

「うん、出るよ」

考えるまでもなかった。放って置けば、護衛の冒険者達が全滅するのも時間の問題だ。

「ここは頼んだ」

「はい、死守いたします。ご武運を」

「命に代えんな」

俺は笑みをつくると、キリカに手をひと振りし馬車を降りる。

そんな状況には間違ってもなり得ないだろう。


少し離れた、森の入口付近で、馬車数台を囲むような形で戦闘は行われていた。

俺は遠回りのような形になるが、少し離れた所から森に入る。魔物からも冒険者達からも完全に死角になっている場所だ。

近場の手頃な太さの樹の幹を足場に蹴り上がり、木の上を移動していった。

「残りはオーガ変異種が四体、こちらはさらに減って七人か」

三メレル強程の体躯を誇る、赤黒い人型の魔物が猛威を振るっていた。

攻撃を喰らった際の衝撃で、弾き飛ばされたのだろう。倒れた冒険者は少し離れた場所で転がっていた。生死の確認はここからでは難しいが、悪運は強いと言える。巻き添えや止めは刺されずにいるのだから。

残った冒険者たちは二対一の形でオーガとの攻防を繰り広げていた。唯一、乗合馬車にいた冒険者、ガルツのみが一人で一体を相手取り、苦しい戦いを強いられている。

思った通りガルツは良い腕をしていた。巧みな盾さばきでオーガの猛攻を上手く受け、いなしている。ただオーガの硬い表皮に、片手剣では有効打が与えられていない。

他の冒険者も思っていたより悪くないが、ギリギリの状態だ。誰か一人でも倒れれば、なし崩し的に、戦線は間を置かず崩壊してしまうだろう。

俺はどうしたものかと思案する。見える形での助勢はもっての他。

毒を使って魔物を弱らせるのは簡単だが、時間が掛かり過ぎる。また、即効性で強い毒はどうしても後に残りやすい。討伐後、素材として回収された際に暗殺者の痕跡を残してしまう。

神経質過ぎる位だが、そうでなければ暗殺者《俺達》は生き延びることはできない。

全体の細かい状況を把握し、分析する。

ガルツの円形盾《ラウンドシールド》がもう限界に見えた。あと数撃、防げることができるかどうか……丁度いい、利用させてもらおう。

「助けるんだから、恨まないでくれよ」

二本の投げナイフを懐から取り出し、構える。ナイフといってもただの古めかしい平棒状の鉄塊だ。砕けた剣や防具の散乱する場にあっては、気に留めるものは誰も居ない。

ガルツにオーガの腕が振り下ろされるタイミングで、二本を時間差で投擲する。

オーガの攻撃が盾で受け止められた、と同時に破壊点をピンポイントに捉えた一本目の刃が、円形盾《ラウンドシールド》を破壊した。勢いそのままに顔面に吸い込まれるオーガの拳をガルツは、転がるように身を崩し間一髪で何とか躱《かわ》した……はずだった。

「ぐっはぁっ!?」

ガルツはこめかみから流れ落ちる血を押さえ跪《ひざまづ》いた。全身に広がるであろう激しい痛みに、呻き声が聞こえてくる。

躱せたと思った一撃だが掠っただけでこの衝撃とは、とガルツは考えてるだろう。

俺は少し離れた場所で、地面に転がった二本の鉄塊を確認すると、とりあえず目論見通りに事が運んだことに一息をついた。

「悪いな、カモフラージュに少し深く切り込まさせて貰った」

投げられたナイフの内、一本にべっとりと付いた血液。

半分はガルツのものだが、残りの半分は言わずもがな。


「グァアアアアアアッ!!」

ガルツの剣が一体のオーガを肩口から袈裟斬りにしていた。

血煙を上げ、切られたオーガがゆっくりと崩れ落ちていく。

自身に起こった変調にガルッは一瞬呆けるが、すぐに他の戦場にその身を投じた。

「思ったより引き出せたか。二倍、いや三倍くらいは出てるか？」

俺がガルッに向け投擲した二本目に塗布したのは肉体強化系の薬……いや毒だ。

短時間ながら肉体の反応速度、出力、耐久性を大幅に上昇させることができる。

魔法や自身の魔力によって肉体強化をしている場合には効果が少ないが、十分過ぎる効果が得られたようだった。副作用は……まあ、丈夫そうだから。

後は適当にオーガの妨害に礫《つぶて》でも投げるかと思ったが、その必要は無かったようだ。

「ガ、ガルッ！　次はこっちに救援頼む!!」

「おうっ任せとけ！　うぉりゃあああ!!」

調子に乗りまくったガルッは次々とオーガを屠《ほふ》っていった。

そして、最後の一体が倒された。


「うぉおおおおおっ!!」

「やった！　助かった！　魔物を倒したぞ!!」

「あっ、ありがとうー!!」

商人、冒険者達から歓声が上がる。

冒険者達はともに死線を乗り切ったことを称え、抱き合っていた。

俺は人知れず、静かに最後尾の馬車に戻る。

「お疲れ様、兄さん」

妹《キリカ》が悪戯っぽい笑みで迎え、労ってくれた。

うん、やっぱりこっちの方がいいな。

＊　　＊　　＊

結論から言うと、まあ……俺はやらかしてしまったわけだ。

乗合馬車の奥では我らが英雄《ガルツ》が横たわり、苦しそうな呻き声を上げていた。

罪悪感から俺は手製のハイポーションを惜しみなく振舞わせて貰っている。

買えば、金貨三枚はするだろう代物だ。もちろん無料《ただ》です。

それでこの状態。ちょっと強力過ぎた？　一考の余地ありだった。

薬で一時的に得た強さとはいえ、神経や筋力の底上げを体感できたわけだ。復調後、鍛錬を怠らなければ、すぐに同じ強さを得る事ができるといった、オマケ付きなので勘弁して欲しい。

あと乗り合わせている女性陣から、熱っぽい視線をたたえた手厚い看護を受けてる。

よし、十分だ。お釣りがくるな。

他の選択肢はあったのだろうけど、俺としては冒険者達の真っ当な戦いと仕事を応援したかった。

結果、護衛達は自分達だけで仕事をやり抜き、オーガの素材という臨時収入を得ることができた。毒を使っていれば使い物にならなかったから、そこは感謝して欲しい。

他の冒険者達も重傷者はいたものの、命に別状は無かったようだ。そして商人達に命の恩人とばかりに高級ポーションを配られ、元気に護衛の任務に返り咲いている……ガルツ以外は。


「皆さん、少し構いませんでしょうか？」

御者が暗い顔をしながら、荷台に入ってきた。

先ほどまで他の馬車の主達と、今後についての話し合いが持たれていたようだ。

「この乗合馬車は予定を変更させて頂き、他の馬車に同行して、交易都市ルージュティアへ向かいたいと思います」

客達の間でどよめきが起こるが、確かに護衛《ガルツ》がこの状態では単独でリリィエルロート神聖国へ向かうのは心許ない。

「ルージュティアについたら、荷馬車の護衛《あちらの冒険者》をこちらで契約させていただく手筈になっています。大変申し訳ないのですが」

乗合馬車の運行が予定から外れることは良くあることだ。

しかし、ルージュティアを経由するとなると二日、滞在時間も考えると三日はロスになる。

誰もがそれぞれの都合を考えて、大丈夫だとは声を上げにくい。

「……俺からも頼む、ルージュティアでの滞在費用は俺の方で出す。なにオーガの売却益の俺の取り分を考えると、十分にお釣りがくる」

ガルツが苦しそうに身体を半分起こしながら無理矢理、笑顔を見せた。

自分達の命を救ってくれた英雄にそこまで言われては、さすがに反対する乗客は居なかった。

「ありがとうございます。では私は商人の方々と再度、経路の打ち合わせをしてまいります」

そう言って御者は荷台から外に出て行った。


「兄さん、どうするの？」

「そうだな、キリカはどうしたい？」

俺は逆に尋ねた。もちろんこのままルージュティアに向うか、馬車を降りてリリィエルロートへ向かうかの判断だ。俺の普段には無いような受け答えにキリカは少し考えて言った。

「……ちょっと行ってみたいかも」

「よし、じゃあ行ってみるか！　行ったこと無いしな」

妹の反応も珍しい。ここ数日の馬車の旅に思うところでもあったのだろうか？

俺としては妹《キリカ》が家業以外の色々なことに興味を持ってくれるのは大歓迎だ。

ルージュティアへ向かうのは初めてではない。もちろん前世の話ではない。

二年前、独り立ちをして仕事を始めてから、実は何度か訪れていた。

俺の身に起こった、あの日の出来事。

教会や暗殺者、俺の処刑へと連なった事柄については、可能な限り調べてあった。

そして残念ながら、ほとんどが空振りで成果は無かった。

俺を殺した大司教は元々が巡回司教で、ルージュティアへはたまたま滞在していたに過ぎなかっ

た。そしてその後の足取りはヴェルドフェイド公国へ移動した直後にパタリと途絶えた。

アルフ様はあの日から数ヶ月後に教会を辞め、実家へ帰ったことが確認できた。

フォーンヴァルテ公国でも強い影響力を持つ諸侯の子息だったのに驚いた。あの日の事件が、アルフ様の進む道に影を落としたと思うと心苦しい。でも無事を知り本当に嬉しかった。

一度は切れてしまった糸だったが、暗殺者ギルドに身を置いたことにより教会の暗部を知ることになる。そして、俺はあの日の出来事が、もっと大きな何かの一端では無かったのだろうか？ と思うに至った。

そんなわけでルージュティアは俺にとって最悪の記憶が残っているだけの街に過ぎない。

思案に暮れていると、妹《キリカ》が俺の横顔をじっと見ていた。

「ん、どうした？」

「んーん、別に、何もないよ」

誤魔化すように、少し笑いながら言った……気のせいかな？

そうこうしているうちに、馬車はゆっくりと動き始め、景色が流れる。

そうして俺達兄妹は、因縁の地ルージュティアへ向かうことになった。

＊　＊　＊

『よし、じゃあ行ってみるか！　行ったこと無いしな』

お兄様は今、小さな嘘をつかれました。

私はお兄様のそばにいつも居ます。それこそ生まれた時からずっと。

だからお兄様が何か私達家族にも言えない秘密を抱えられていることにも気づいています。

そして、その秘密の欠片が交易都市ルージュティアにある。そのことを私は知っています。

二年前お兄様はお仕事を始められてすぐにルージュティアに向かわれました。

私はそれとない理由を用意されて、実家においてけぼり……とても悲しかったです。

二度目のときは私は我慢ができずお兄様の後をコッソリとつけて行きました。

隠密や追跡《ストーキング》においては私の方がお兄様より、ほんの少しだけ達者のようです。

大人達は私のことを一族の血を兄よりも濃く受け継いでいると、くだらない事で褒め称えます。

本当どうでも良いことです。お兄様の凄さはそんな小さなものに収まっていないのですから。

お母様のうっかりな『母性の暴走《スキンシップ》』で黄泉路へと旅だとうとしていた私を救ってくれたのは、いつもお兄様……そのせいで、私は……うぅう、もう嫌です……はしたない。

私は先ほど、少しお兄様のお心を計るような物言いをしてしまいました……ごめんなさい。

そして、私にルージュティアへ向うことを告げたお兄様は、思い詰めた表情でご自分だけの世界に入ってしまわれました。

ふうっ……思い悩むお兄様は素敵です。

そうじゃ無い、ご存じですか？

以前、お兄様がお探しされていた方が今、そこに居らっしゃられるということを。


お兄様はその後も何度か交易都市ルージュティアに向かわれました。

私はお兄様の影となりこっそりお手伝いをさせて頂いておりました。

そしてお兄様はある程度お調べの後、ぱたりとルージュティアへ訪れることをやめられました。

いいえそれどころか、依頼を選ぶ際も、あえてお避けになっているように私には感じられます。

ですので、恐らくはご存じでは無いと思います。

私はお兄様がお求めにならない限り、このことをお話するつもりはございません。

『何？、こいつ何で知ってんだ？　気持ち悪い』

とか、思われたら嫌じゃないですか。想像しただけで、死にたくなってきました。

「ん、どうした？」

「んーん、別に、何もないよ」

馬鹿なことを……お兄様がそんなことを思うわけ無かったです。

私はそんなおかしな想像を誤魔化すように、笑って答えました。

私はお兄様が、お心の内を教えてくださる。その日をお待ちしております。

常日頃からお兄様のお役に立てるよう準備を怠らない。それだけなのです。

それが、お兄様のたった一人の妹たる、私の存在価値なのです。
馬車がゆっくりと動きはじめました。穏やかだった日々が終わるのですね。
お兄様と普通の兄妹のように過ごさせて頂いた、この数日間は本当に楽しかった。

『聖女の暗殺』

成功しようとも、しくじろうとも、多分、私たちは……
私はお兄様のそばに、ずっといられる。
それだけで幸せです。

第三章

『二人の妹』

翌日、俺達を乗せた馬車は商人達の荷馬車に連れ立ち、交易都市ルージュティアに到着した。

ルージュティアは夕暮れ時とはいえ、相も変らぬ賑やかさで俺達を迎え入れる。

ただ今時分から外へ向かう人々はおらず、街の喧騒も一日の仕舞いへの様相を呈していた。

「おおぉー!! すごいな! 流石は首都! 人がいっぱいだな!!」

「う、うん、そうだね」

「お、あれ! 何だろ? なあキリカ!?」

「にっ、兄さん、あんまりキョロキョロしてたら、もうほらっ」

「うっ……」

馬車に同乗している皆がクスクスと笑っていた。笑っていないのは呻いているガルッだけだ。

馬車の中で立ち上がってはしゃぐ、おのぼりさん丸出しの兄とそれを注意する妹。

いつの間にか嫌な絵面になってしまっていた。

俺は精一杯、初めて都会に出てきた少年を演じて、妹の初めてを盛り上げようとだな……。

妹よ、何故そんなに落ち着いているんですか? 少々ワザとらしかったか? なんだか寂しい。

俺が気落ちした面持ちで座り直すと、キリカは小さなため息と共に言った。

「今日はもう遅いから、明日、ゆっくりと街を案内《おしえ》してね」

「あ、ああ、任せとけ!」

俺の返答に、満足するようにキリカは微笑んだ。

残念な俺は、自分の誤答に気づいていなかった。

馬車が宿についた頃には、すっかりと日は落ち、街は夜の顔を覗かせつつあった。

沿道には一定の間隔で街路灯が立っており、魔石の淡い光が路々を照らしている。

宿は最近建てられたらしく、なかなかに大きくて綺麗な外観をしていた。

部屋の清潔さやサービスの良さの割に宿泊料はお手頃。商人達がよく利用すると聞いた。

(まあ、そうだろうな)

俺は今まで南部に訪れたことは無かったが、その理由にすぐに気づいていた。

宿はルージュティアの南の端に位置しており、その先に建物は見当たらない。

しかし街を囲む城壁までには、まだ随分と距離があり違和感があった。

「この先、窪地になってるな。貧民街か」

「ええ、そのようですね」

その先には見下ろす形で暗闇が広がっていた。勿論、街路灯などあるはずも無い。

家屋にはガラスなど高価な品は当然使われておらず、窓と扉を閉め切ってしまえば光はほとんど外に漏れることがない。貧民街で暮らす人々は決して良いとは言えない治安の中、夜間になれば自然と家の中に籠る形になるのだろう。

『夜目』の恩恵《スキル》を持つ俺達には、昼間のようにみすぼらしい町並みが見渡せていた。

魔物の侵入を食い止める為に掘られた内壕に、貧しい人達が住み着いた形だろう。

一見華やかで皆が幸せそうに見える街にも……いや、どこにだってこのような場所はある。

管理する側としても、あえてそのままにしていた方が都合が良いのだろう。

そして有事の際にここは有効な防波堤と……止めとこう。今俺が考えても仕方の無い話だ。


「こちらのお部屋になります。ごゆっくりとおくつろぎください」

部屋に着いた俺はベッドにそのまま倒れ込む。そして、かつての自分がもしかしたら転がり込んだかも知れない場所《貧民街》に思いを巡らせていた。

「お兄様、あの……」

「ん？　どうした？」

キリカはベッドの上で正座をした状態でモジモジとしていた。

「その……身体を拭きたいのですが」

「あ、ああ、ゴメンゴメン」

顔を赤らめる妹《キリカ》に俺は、ついつい謝りながら、反対側に身体を向ける。親しいもの同士が泊まる、二人部屋に、衝立のような仕切るモノは無かった。

近ごろ、どうにも調子が狂う。

妹《キリカ》は可愛い、いやものすごく可愛いと思う。むしろ最高だな。

でも、俺からしたら子供だ。まったく、全然、まだまだ子供。ここは大事!!

俺の中身は前世を足すと二十を超えている。繰り返しだけど。

だから普通に妙齢の女性に目を奪われるし、憧れたりもする。

そして、何より『妹』だ。

そう誤魔化すものの、自分でも分かっていた。昔から……それこそ生まれた時から『妹』を過剰な程に意識してしまっている。

いったい何なんだ⁉　このモヤモヤした感じは……俺が無意識の葛藤と戦っていると背中越しに衣擦れの音が聞こえてきた。

先日の一件以来……駄目だな、やっぱり調子が狂う。

「え？　あの、お兄様？」

「ゴメン、俺、外に出てるよ」

俺は背を向けたまま扉へ向かい、廊下に出た。

気持ちを落ち着けながら、手持ち無沙汰に廊下をぶらつく。

同じ階に二十室近くあるらしく、随分と広い。

宿は東側に面して建っており、景観の良くない南に向けた窓はほとんど無い。

唯一、南端の昇降口前にある窓際に立ち、何気なく外を眺めた。

「何だ？　あれ……」

ふいに窓の外、遠くの闇の中に蠢《うごめ》く者達を俺は見つけてしまう。

闇に混じるような暗い色の装備は、紛れもなく裏の世界の住人を思わせた。

そして、その脇に抱えられた幼い子供達を見止めたとき。


俺は考える間もなく、そのままに外へと飛び出していた。

*　*　*

黒装束に身を包んだ賊達は男が三人。

貧民街の闇の中、無計画に立ち並んだ家々の間を縫うように疾走していた。

かなりの手練れだ。しかし子供を抱えて走っていることもあり、十分に追いつける速度だ。

子供が二人、薬で眠らせられているのか？

仕掛けるのは容易《たやす》い。が、子供を盾に取られると厄介だ。

子供達を巻き込まず、三人同時に仕留めるとなると……。

俺はそばにキリカが居ないことを悔やんだ。しかし、あの状況でいったん部屋に戻っていれば、確実に見失っていただろう。

俺達の旅の目的を考えると、こんな所で厄介ごとに関わるのは得策ではない。

だけど、あからさまな無法を見て見ぬ振りなど、とても俺には出来なかった。

俺は速度を上げ、完全に気配を消した状態で可能な限り距離を詰めた。

俺が十年磨き続けてきた『気配遮断』は余程の相手ではなければ察知されない。俺は気づかれない程度の距離を保ちながら、仕掛けるチャンスを待つ。

賊は、城壁沿いに内壕を西方面に移動していた。

北に出れば貧民街はすぐに抜けられる。目的地が、街もしくは街の外だとしても、衣装を着替え、馬車などに子供を隠して移動する方がはるかに安全で効率が良い。

なのにそれをしない理由は？　街の中では既に捜索が始まっているという事か。

ここなら取り急ぎ姿を隠す場所はいくらでもある。それとも、リスクを犯してまで移動するのは時間が無い為か。どちらにしてもこの場《貧民街》で決着を付けた方が良さそうだ。

恐らく連中は……少し時間を稼ぐ必要がある。奴らを足止めする為に。

俺は微かに前方から流れてくる臭いに、ふいに嫌な作戦を思いついてしまった。

近づくにつれ臭いはどんどん強くなる。躊躇《ためら》うも他に良い案が浮かんでこない。

ああ、鳴き声が聞こえてきた。

見つけてしまった。ううう……やっぱり嫌だなあ。

しかし覚悟をきめた俺はその場を目掛けて突入する。

『バキィッ!!』

囲んでいた柵が壊れる大きな音と共に、興奮した鳴き声があたりに響き渡った。

『ピギャー!!』

柵が無くなり、追い立てられた豚達が一斉に路地に放たれた。

家畜小屋《ブタ》だった。

このような管理外の場所では、家屋のかたわらで普通に家畜が飼われている。

豚が街中を走り回り、騒乱がそこらで起こる。

ここの住民達は多少の物音がしたとしても、身の危険を考えて夜半に外に出たりしない。

しかし今はさすがに飛び出してきて、事態の収拾に当り始めた。

申し訳ないが、子供達の身柄確保の為だ。少しだけ協力を願う。


突然起こった騒ぎに賊達は、物陰に隠れながら事態を見守っていた。

そして追手等ではないと判断して、再度移動を始めようとしたとき。

「あんた達だれ？　その子達どうしたの？」

男達に、明らかに貧民街の住民と見て取れるほど薄汚れた俺が問う。

こんな時間にこんな場所で、小綺麗な恰好をした子供では疑われてしまっただろう。

さきほどの俺の奇行は、相手を油断させる為の偽装も兼ねていた。

どうみてもここら辺の子供だよな？　ううう っ、臭すぎる。ここまで酷くないか。

そして相手がその筋のものであろうと警戒心を解くことができれば……こうなる。

「俺達は『暗殺者ギルド』の者だ。この子供達は街の孤児院から攫《さら》ってきた」

「おいっ⁉」

他の男達が仲間の常軌を逸した言動に目をむく。やはりご同業だったか。

口を滑らせた男も、仲間達に弁明をするような眼差しで首を振り続けた。

もちろん俺の聖寵《固有スキル》『罪の真贋』の力だ。だから心配しなくても、その男がもう他の情報を喋ることはない。だが十分だ。

男達は頷き合い、口を滑らせた男が短剣を抜いて近づいて来た。当然、口封じだろう。

奴らの目に、俺は震えて身動きができないただの子供に映っているだろう。

俺は更に油断を誘おうと尻もちを付き、助けを呼ぶ振りを……声が出ない。

闇系魔法『消音《サイレンス》』か。

見ると、後ろのうち一人が俺を油断のない眼で見据えていた。

やはりできるな。現況でまともに殺《や》し合《り》わなくて正解だった。

逆に眼前の男はあり得ない失態に、怒りを隠しきれていない。原因となった俺に、嗜虐心《しぎゃくしん》まる出しの顔で、恐怖を煽るようにゆっくり、ゆっくりと近づいてくる。

そして俺の前で立ち止まり、ゆっくりと……膝をついた。

ありがとう時間を稼いでくれて。おかげで効果は十分だ。

「おいっ！　どうした⁉」

他の男達も警戒しつつ、近づこうとするがもう関係ない。同じように膝を落とす。

暗殺者達は必死に抵抗をしているが、目は虚ろで、地面に倒れ伏すのも時間の問題だった。

俺は二人の子供を男達の手から奪い、抱き上げた。

妹《キリカ》より少し幼いくらいの男の子と女の子。有罪だな。

俺は男達が全員が眠りについているのを確認して、闇系魔法『闇霧《ダークミスト》』を解除する。本来は目くらましや、偽装の為だけの魔法。

しかし細かいコントロールが出来れば、夜暗の中こういった使い方も可能だった。

俺の右手からは眠りを誘う甘い香りが……豚の糞尿の臭いしかしなかった。臭い！

俺は体内で作り出した睡眠薬を闇の粒子に乗せ、男達を包みこむように散布していた。

子供達に同じ薬を使っていた男達だ。いつもなら薬独特の甘い匂いに気づいていただろう。

しかしながら周囲に悪臭が振りまかれているこの状況で気づくことは俺ですら難しい。

もちろん魔法はなるだけ高い位置に展開して子供達に再吸引させないように気を配ってる。

俺は暗殺者達をそのままにして、早々にその場から立ち去った。

後の事？　知らん。

幼い子供達を攫うような依頼だ。ろくでもないのに決まってる。

口封じをされそうになったが、背後関係を確かめもせずに命を奪うほど俺は狂犬じゃない。

もみ消してくれる上司が居ないせいでもあるけど。


二人を両脇に抱えてとりあえず、もと来た道を戻るように走る。

孤児院とやらを探さなければと考えていると、右腕の方、男の子がモゾモゾと動き出した。

目を覚ましたようだ。

「……ここは、どこだ、誰だお前⁉　リアナ！　リアナはどこだ⁉」

目を覚ますなり、おそらく左腕の女の子のことだろう。探して騒ぎ出す。

そして、すぐ隣で喚き散らす少年の大声に女の子も目を覚ましたようだ。

「……ううん？　お兄ちゃん……ここはどこ？」

おっ、やはり兄妹だったのか。微笑ましい。

俺はとても良いことをしたのだと晴れやかな気分になった。

「大丈夫か、リアナ⁉」

「うん、大丈夫だよ……でも、なんか臭い……すごく臭い‼」

「うわっ、本当だ、く、臭い！　鼻が死ぬ‼　殺す気かっ⁉」

俺は両脇で騒ぎだした兄妹に、多分に切なくなりながら『沈黙《サイレンス》』を唱えた。

＊　　　＊　　　＊

「……まだ、大分臭いな」

「うん、ちょっと臭うね」

子供達は十分過ぎるくらいに距離を取った状態で俺に話かけてくる。酷くない？

あの後、俺はそのまま二人を抱えたまま、孤児院まで連れて帰ることになった。

いったん妹《キリカ》と合流することも考えたのだけど、兄妹《こいつら》から浴びせ掛けられる感謝の言葉を聞くに、ちょっと無理と判断した。

『お兄様……あの少し……香りが。いえ、そんな気になんて……』

とか気を使われたりしたら、立ち直れない。多分死んでしまう。

そして孤児院の敷地内にある井戸の水で身体を洗い、服を貸してもらったわけだ。

「あれ？　ちょっと、お兄ちゃんも臭いよ」

「え!?　あ、本当だ！　いや、お前も臭いぞ！　ちくしょう臭いが移った!!」

あれ、これ助けない方が良かった？

お兄さん、君たち兄妹を助けるのに随分と気を使ったんだけどな。

この臭いだってちょっとでも、安全に君たちを助けようと思って。

やるせない思いに打ちひしがれていると、妹の方が俺の前で大きなお辞儀をする。

「あ、あのっ！　ありがとうございました!!　私『リアナ』って言います」

うん、良くできた妹さんだ。やはり妹はこうじゃないとな。

大きな茶色の瞳に、少し赤毛かかった巻き毛が可愛らしい。

そして、未だ自身のエチケットチェックをしている兄を、妹が肘で小突いて促す。

「俺の名前は『ライル』……助けてくれて、助かったかな」

やっぱり兄は小憎たらしいな兄は。灰色の短い髪。終わり。

それにしても『ライル』か。前世の俺の名前と一文字違いだ。よくある名前だもんな。

『リアナ』って名前も、どっかで聞いたような……気のせいか。

他にも、孤児院から出てきた子供達が十人程、俺を遠巻きに見ていた。

兄妹よりも、もっと幼い五歳以下の子供達がほとんどだ。

あれ臭いからじゃないよな？

きっと知らない顔に人見知りしてるんだ。

どうやら、ここの子供達は園長先生と呼ばれる人が一人で世話をしているらしい。

今は二人を探して飛び出したっきり、帰って来てないと他の子供達が言っていた。

孤児院は俺達が泊まっている宿より少し東よりの、それこそ街の際に立っており、貧民街にも裏から階段で繋がっている。

古いながらも三階建ての大きな木造の建物で、以前はまさに宿として使われていたらしい。

七年前に宿が老朽化により移転した折に、孤児院として安く借りられる事になったと、したり顔でライルが言っていた。たぶん、君生まれてないよね？

孤児院は建物だけならず、塀で囲まれた範囲が敷地なのであれば随分と広い。

院内にはいくつかの田畑もあり、孤児達の身なりや顔色を見るに、質素ながらのも不自由の無い生活を送っているようだ。

昼間には、その園長先生とやらが孤児や可能な限り、貧民街の子供達にも読み書きを教えているらしい。中々の傑物だな。

園長先生のことを話す子供達の表情は皆明るく楽しそうで、いかに愛し愛されているかが、ひしひしと伝わってきた。今も逆に孤児達に心配をされている。ほんの少し頼りないそうだ。

そして俺はここに来て、やっとこの誘拐の顛末を知ることができた。


「で、何があったんだ?」

「いや、何があったかなんて……なあ」

「うん、全然わかんない」

二人は攫われる前のことを一つずつ思い出すように話してくれた。

薬を使われたせいで少し記憶が混濁しているようだった。

「二つ向こうの大通りで、いつものように先生が作った髪飾りを売ってた」

「お前たちはそこの孤児院の子供かって、聞かれたんだよね……確か」

「いきなり後ろから、そんでびっくりして」

「お兄ちゃん『はひっ』て噛んじゃって、私が『はいそうです』って」

「……そしたら、急に眠くなって……」

園長先生、何気に多才だな。

まあそれはいいとして、しかし何も分からないな、これだけじゃ。

孤児院の子供ってことを確認した上での誘拐だ。金《カネ》の線は消えた。

子供が違法な奴隷商に売られるのは良くある話だが、暗殺者ギルドの仕事じゃない。

そうなると、その『園長先生』の線が怪しいな。何かしら取引する為の材料か?

俺が口を噤《つぐ》み、ひとり思考の海を漂っていると、申し訳なさそうにリアナが言った。

「ごめんなさい、あんまり役に立てなくって……えと……セツラお兄ちゃん……」

……なん、だと。

「あの、ダメ……だったかな？」

「いや全然、何の問題もないよ」

「わあぃっ!! 新しいお兄ちゃんだ!!」

俺が即答して微笑むと、リアナはぴょんぴょんと飛び跳ねて喜んでいた。

たまには、こういう妹も悪くない。

一瞬悪寒が走り、身を震わす。が、大丈夫ここには居ない。気のせいだ。

まったく、罪つくりな兄だな俺は。

「お前はそうやって人をすぐ信用するから、こんなことになるんだぞ」

「なによぅ！ だって、お兄ちゃん、全然頼りにならないんだもん!!」

ライルが妹《リアナ》に説教じみた言いがかりを付けている。

兄としての立場を守ろうと必死だな。頑張れ。

俺達は明日の昼には、ルージュティアを出る。

しかしこのままだと、同じような事が起こる可能性は高そうだ。お兄ちゃんとも呼んでもらったし、ある程度解決しておきたい。とりあえず『園長先生』が帰ってくるのを待つしかないか。

キリカも心配しているだろうなぁ。探してなきゃいいが……

あっちの兄妹のやり取りは、いまだに終わりそうになかった。

「心配なんだよ俺は！　そんなだと暗殺者にさらわれて、殺されちまうぞ!!」

「はっ!?」

俺は硬直する。もちろん暗殺者《連中》の事は兄妹には話してない。何で知ってるんだ？

「違うよ、お兄ちゃん『さらわれて』じゃなくて『されて』だよ。先生がいつも言ってるのは」

「あれ、そうだっけか？」


暗殺者にされて、殺される……


俺は焦る気持ちを落ち着け、なんとか言葉をしぼりだした。

「リアナ、その話、詳しく聞かせてくれないか？」

「いいよ、んとね、世の中には悪い人達がいっぱいいるからしっかりしなさい……」

リアナは顎に人差し指を当て、思い出すような仕草で続ける。

「じゃないと騙されて暗殺者にされる。連れて行かれて酷い目にあわされる……って、私達を心配して叱るときに、園長先生が言うの」

俺の中で疑念が確信に変わる。

また俺は何かに導かれたのか？

やがて、兄妹の名を呼びながら一人の男が、必死の形相でこちらに駆けてきた。

「リアナ‼　ライル！」

「あっ！　園長先生‼」

帰ってきた園長先生と兄妹が抱きしめ合い、涙を流していた。

領地に帰ったって聞いてたんだけど何でこんな所にいるんだ。

苦労したんだろうな、流石にちょっと老けこんでるみたいだ。

十年前、ほんの少しの間の出来事だった。だけど、俺は貴方に受けた親切と心遣いを、いまだに忘れることができない。

頬を伝う大粒の涙が、次々と勝手に零れ落ちる。


「……アルフ様」

俺は女神様の導きに、生まれて初めて感謝した。

＊　　＊　　＊

キリカは建物の影に身を潜め、周囲を伺《うかが》っていた。

(――街の様子がおかしい)

十数の手練れと思える気配がルージュティア中央より広く展開、絶えず巡回しているのだ。まるで誰かを探しているかのような動きだった。行方不明の兄との関係は現時点では不明であったが、キリカは探りを入れつつ、慎重に進んでいた。

「お兄様、どうかご無事で……私があのときに」

キリカはあの際の一瞬の判断ミスを悔やんでいた。

セツラが部屋の外へ出た後、キリカは衣服を脱ぎ、真剣な面持ちで身体を拭いていた。

久方ぶりに兄と寝所を共にするのだ。どのような粗相もあってはならない。

昼間には幾分汗をかいている。それにここ数日間は野営だった為に、身仕舞に気を配りきれてはいなかった。

『ん、何か臭うか？　キリカ、何だろうな？』

とか言われてしまったら……死ねる。想像だけで自害してしまいそうだ。

キリカは思わず自らの喉元に突き付けた匕首を、震える手で傍らに置く。

こんな事をしている暇は無かった。そんな事にならないよう万全を尽くすことが、今は優先されるべきこと。丁寧に、丁寧に身体の隅々まで拭き残しなど無いようにと拭いていった。

キリカの顔が自然と綻ぶ。この街に着いた際の普段は見せる事の無い、兄の振る舞いを思い出してだ。そしてここ数日の楽しかった兄妹の日々に、明日からの数日へも思いを馳せる。

その時だった、突然兄の気配が！　キリカは部屋から飛び出……できなかった。

身に着けた衣服は下着のみ。

万一、他の男に肌を見られたりしたら……自害をしようと思う。

例え兄相手でも屋外でそのような痴態……羞恥で死んでしまう。

常に死と隣合わせ、それがキリカの日常だった。

慌てて、脱いだ服を着直し部屋から飛び出した。

本当は忍装束《いつもの衣装》に着替えたかったが、今はただ時間が惜しかった。

そして西淵の廊下に、開け放たれたままの窓を見つけるも既に遅かった。

セツラの気配はもうキリカを持ってしても感知できる距離には無かった。

「お兄様、いったい何処に」

瞬きごとに気は焦るも、ただ闇雲に探し回るにはこのルージュティアは広すぎた。

キリカは差し当たり、セツラに縁のある場所を思い浮かべる。それは二ヶ所。うちの一つは、まだ兄の知るところに無いと除外する。早計かとも思えたが、他に選べる選択肢は無い。


そして今、キリカはエルロート教の教会へと向かう道すがらにある。気配察知の範囲を絞り込み、より精度を高める。目視も含め、察知された気配と、関連される情報を整理していった。

(旅商人の姿に身をやつしてはいるけど、明らかに訓練された人間の足運び)

(そのいずれもが気配を隠すも、一部、大き過ぎるが故に隠しきれていない)

(さりげない相図で連携を取り合っている。ここいらだけで三人、いや四人)

どうしたものか。キリカは職業柄、慎重を尊ぶ。

思案に暮れるも、こんな調子では教会にたどり着くのは朝になってしまう。

そして覚悟を決めたキリカは、影から出て大通りへと歩き出した。

夜とはいえ、まだ日が落ちてそれほど経っているわけではない。年端のゆかぬ子女が道行くには不審ではあるが言い訳など何とでもなる……そう思った矢先だった。

「おいっ、そこの娘！」

「……私でしょうか？」

「他には誰もいないぜ。何やってんだ、こんな夜に子供がひとりで？」

もちろん他の子供の姿など周囲にはない。想定していたとはいえ、いきなりとは。

キリカは観念して、背後の声の主へと振り向いた。

高い位置からの声。思った通り、見上げるような巨躯がそこにあった。

邪気の無い笑みを湛えた中年の男が、キリカを頭上から覗き込むように見ていた。短く無造作に刈られた髪や手入れのされていない顎ひげを見るに、事に拘らそうな雰囲気ではあるが。

キリカは男の腰に携えられた剣を一瞥すると、油断なく答えていった。

「はい……散策中に道に迷い、家族とはぐれてしまいました。遅くなりましたが、そこの向こうにある宿へ戻るところです」

「そりゃいけねえ。お前みたいのが夜の一人歩きは危ねえ。送ってってやろう」

「いえ、すぐそこですので」

「どうしたんですか？　なっ、なんですか!?　この滅茶苦茶、綺麗な女の子!!」

近くにいた、別の男が騒ぎを目に付け加わった。

青髪をキッチリと分けた、髪形と同様に几帳面そうな顔付きをした青年だった。

眼鏡の奥に覗く青い瞳に、何故か本能が危険信号を発していた。

キリカの内心はすでに穏やかではなかった。眼前の男二人は気配察知の折、最も気配を隠しきれていなかった男達だった。無論それはキリカだからこそ分かる程度のものであり、二人の隠形が未熟であるが故の事ならば僥倖とも言えるのだが。

「なっ、危ないだろ？　お前が連れてってやれ」

「ありがとうございます！　お任せください!!」

青年は良く意味の分からない礼を男に言うと、キリカに微笑みを向けながら、手を差し伸べる。

「さあ、お嬢さん。お兄さんと手を繋ぐかい？」

殺してや……色々最悪だった。どう見てもこちらの言い分を聞きそうもない。キリカはいっそ走り抜けようかとも考えたが、後の騒ぎを考えると気が重い。

それに周囲には仲間と思われる者がまだいる。これ以上増える事となれば、もう対処できない。

口惜しい。キリカはいったん宿に引き返すことを選択するしかほかなかった。

(装備を整えて出直そう)

キリカは青年に頭を下げ、宿への道を歩き出す。差し出された手は無視した。

「おい、そっちじゃねえよ」

「え？　でも、お嬢さんはこっちに」

「違えよ、俺達の詰所はあっちだろ」

瞬時に膨れ上がる殺気。

野獣のごとき踏み込みから、横なぎに振り抜かれた剣はキリカの居た場所の空気を震わす。

キリカは振り向き様に間合いを図り、大きく後ろへと飛ぶ。

そして、その暴風の如き攻撃をやり過ごしたかに思われた。


……ポタッ。

……ポタッ、ポタッ、ポタッ。

石畳の上に大きなシミができていった……少女から流れ落ちる赤い血によって。


「なっ、な、何やってんだアンタ!!」

「ははっ！　見ろよザック！　この女、俺の本気の初太刀を躱《かわ》しやがったぜ!!」

「えっ、ええ!?」

少女は血の滴る腕を押さえて立ち竦むも、その表情には一切の怯えを感じさせない。

その凍てつくような氷の眼差しに、先ほどの男の行いが凶行では無いと判断できた。

「でも、ちょっとやりすぎじゃ？」

「はっ　躱さなきゃ止めてたよ!!」

右の二の腕に、熱と鋭い痛みを覚える。剣尖は辛うじて躱した。しかし研ぎ澄まされた剣の起こした風圧が、間合いの外に回避したはずのキリカを捉え、深い手傷を負わせていた。

これ以上血を失っては不味い。傷口ではなく腕の付け根、止血点を圧迫するように押さえる。

「ヴェルドフェイドの間諜か、いや教会の暗殺者だろうな。なんにしても只者じゃねえな」

しかし状況は絶望的だった。

「……どうして、わかった？」

「俺達がそんなに善人に見えたか？」

男は人の良さそうなその顔を歪め、面白くなさそうに続けた。

「こんな夜更けに素性の分からない男に声をかけられて、怯えも戸惑いもしない。普通を装い過ぎて滑稽だ。最初《はな》から違和感しかねえよ」

「それだけじゃ乱暴すぎませんか？」

「鏡見てみろ！　お前のその鼻の下。こんな見知らぬ変態《まじもん》あてがわれて、ホイホイ付いて行く。そんな小娘《ガキ》が居るわけねえだろ!?」

「隊長あんまりだ！　酷すぎる!!」

「娘、お前は色々と普通じゃねえ。自身に対する他者の評価に無頓着すぎるんじゃねえのか？」

それは確かにそうだった。キリカにとって、兄以外の他人が自分に向ける意識など埒外だ。

男はお人好しの顔そのままに、講釈《アドバイス》めいたことまで垂れ始める。

手負いの少女を前にして余裕を露わにしていた。その時だった。

「……七使徒」

突然放たれた一言に場の空気が変わった。キリカは男達の反応を見て、更に言葉を続けた。

「……ロシュグリア公国……プルーデンス隊」

簡単過ぎる引き算だった。男はキリカのことを教会か、ヴェルドフェイド公国かと言った。

ならばこれほどの力を持つ人間を要する残りの勢力は、ただ一つだけ。

キリカは笑みを浮かべ、挑発するようにとどめの、その名を言い上げた。


「『聖女』それに『聖女候補』がここにいるのか」


もう、男達から余裕の表情は皆無だった。その所作から油断は一切消え失せ、その場の時が凍り付くような張り詰めた空気があたりを支配した。

絶対絶命の中、自らを更なる窮地へ追い込む、愚かとも取れる言動。

キリカにはそうまでしても確かめるべきことがあった。すべては兄の為に。

「すべては、罠か？」

セツラ達、暗殺者にもたらされた情報の中に、意図の読めぬ一文があった。

（戴冠式にあわせて『聖女候補』は『聖女』と別れ、リリィエルロート神聖国へ単独で入国する。そ

して戴冠式まで、数日間を過ごす）

暗には、その間『聖女候補』が無防備になることの示唆。この情報こそが暗殺者ギルドの力とも取れる。しかし、もしこれが聖女側からあえて漏らされたものだとすれば事情は違ってくる。

全てはリリィエルロートへの反抗勢力のおびき出し。そしてプルーデンスの聖女と使徒隊による、それらの殲滅と考えれば辻褄があう。

「なあ、ザック……大当りだったろ？」

「お嬢さん、私達にご同行頂けますでしょうか？　大人しくしてくださいね。女の子相手に手荒な真似はしたくありません」

ザックと呼ばれた男も静かに剣を抜き、その剣先を幼い少女に向けた。先ほどまでキリカに向けていた好意とも取れる表情は消え失せていた。

ここからだ。この偶然得ることのできた情報を何としてでも兄の元に届けなければ。

ここはまだ、フォーンバルテ公国。今なら、ロシュグリアを出し抜ける公算はある。

「……ふふふふふ」

キリカは思わず声を出して笑っていた。

「何が可笑しい？」

「いえ、女神様は私達にまでお導きを与えて下さるのだと。このような偶然、可笑しい、ふふふ」

「偶然なんかじゃねえ……臭えんだよ」

「……臭い？」

キリカはその言葉に嫌な想像を思い出して、顔を歪めた。

「鼻についたんだよ、血の臭いがな……偶然、声をかけたわけじゃねえ」

キリカはキョトンとした年相応の表情になり、そのままうつむくと肩を震わせ始めた。

「その齢で、まさかとは思ったが。どれだけ殺してやがる？　教会も闇が深えな」

もう、既に男の声はキリカの耳には届いていない。そして表を上げ、その深紅の瞳で男達をねめつけたと思うと、箍《たが》が外れたように大きな笑い声をあげた。

「あはっ、あ、あははははっ！」

大の男二人が、呆気にとられる。

キリカは愉快でたまらなかった。あんなに汗を気にしてたのに、まさか拭っても取れぬ、染みついた血の臭いを他者に指摘されるとは。でも、それは自分と兄の確かな絆とも言えるもの。

嬉しい。猶更この場で一人果てる訳にはいかない。

「ありがとう。色々と勉強になりました。以後、気を付けさせて頂きます」

「この次があると思ってんのか？」

「ええ、あなた方には色々と教えて頂きました」

キリカは笑顔で答えると、大きく息を吸い込んだ。そして……

「いぃいいいい、やぁああああああああ!!」

「「なな、な、なっ、何だ!?」」

頭が割れんばかりの大絶叫だった。

「えっちぃ――!! 変態!! 幼女愛好者《ロリコン》!!」

「なっ、な、な、何、言ってんだ、てめえっ!!」

「違うぞ! 僕は子供を大切に思ってるだけで!!」

「攫われる! 犯される! 売り飛ばされる～!!」

街を彷徨く異様な連中達に、我関せずとしていた街の住民達も流石に穏やかではなかった。

大通り沿いの商店、家屋、宿、至る場所から騒ぎを聞きつけて人がザワザワと沸いて出た。

「いったい、どうした、お嬢ちゃん!?」

腕っ節に自信の有りそうな若者が声をかける。酒場で飲んでいた冒険者のような風体の男だ。

「た、助けてけてください……あの人達に……」

幼くも美しい少女が涙を流し縋りついてくる。押さえた右腕からは惨いほどの出血が見られる。

剣を抜いた二人の男に、怪我をした麗しい少女。どちらに非があるか、考えるまでもない。

キリカはこの場合に於いて、もっとも普通の振る舞いを演じて見せた。他者の目に自身がいかに映るかを最大限に意識して。

「だ、大丈夫か? 怪我してんじゃねえか、おい! なんて酷いことすんだ!!」

「だ、誰か衛兵を呼べよ!!」

「お嬢ちゃんこっちに来な」

「お、おい待て、そいつは」

キリカの前にどんどん肉の壁が出来上がって行く。

姿を消し行く少女は最後に男達にもう一度言った。

「ありがとう」

しかし、その声はもう男達には届いていなかった。

いつの間にか姿を消した少女を後目に、騒乱は収まる気配を見せなかった。


気配を消したキリカは、路地裏を走っていた。

街中に散開していた使徒隊と思われる気配は、騒ぎに吸い寄せられるように消えていた。

キリカはこの街に近づくにほどに、抱えていた不安を大きくしていた。

兄に隠された何かが兄妹の関係を大きく変えてしまうのではないかと。

でも心配など必要無いことを気付かさせられた。心の中でさきほどの男にまた礼を言う。

流れる血、流した血、浴びた血。私達は同じ『血』を持つ兄妹だ。

キリカは焦るように速度を速める。

(早く、お兄様に逢いたい……)

流れる血が、思考を低下させてゆく。

ただそばに居ることを望む少女は、教会へ向かって走り続けていた。

そこが兄の死した場所とは知らない。

そして見知らぬ兄妹の残滓が残る……そんな場所だとは露ほども知らなかった。

＊　　　＊　　　＊

「はぁ、はぁ……」

朦朧とした意識の中、キリカは夜の教会へとたどり着いた。

女神様へ奉げられる信者の祈りの声、定刻ごとに鳴り響く美しい鐘の音色。街の営みの中心とも言える神聖な場所も夜の帳《とばり》の降りた今は、月明りの中寂しそうに佇んでいた。

自らの起こした騒ぎに乗じたとは言え、無事辿り着けたのは奇跡と言えた。

いや、とても無事とは言えなかった。

「……お兄様……きっと、ここに」

平素の状態のキリカであったならそのようなことは考えない。

そして今開いているはずの無い、扉に手を掛けたりはしない。

扉に鍵はかかっていなかった。昼間には見ることの無い光景。

高い塔上の建物の中に作られている礼拝堂。

その屋根の一部は夜になると、月明りを採光するために開放される。そうして集められた月光に
より、女神リリィエルの像は暗闇の中、その姿を神々しく輝かせていた。いや、

女神像とその前にひざまづく一人の少女の姿を。

キリカの位置からは、祈りを捧げる後ろ姿しか見えなかった。身に着けた法衣から女性であることが伺え、白に近い薄い水色は教会の中で高い地位にあることを示している。

月の光を浴び、光り輝く金の髪は、溢れんばかりの若さと生命力に満ちていた。

キリカはその少女に、扉も閉めず呆けたように見とれてしまっていた。

そして開け放たれた扉から一抹の風が運ばれ、少女の髪を揺らした。細く、軽い金の糸は風を纏い一瞬で膨れ上がる。そして、一本一本がまるで意志を持った生き物のように、輝きをばら撒きながら、大きく揺れる。

「きゃっ！　何⁉」

キリカはまるで、お日様のようだと思った。

「…………きれい」

そして、その言葉を最期に、キリカは夜の闇の中へと沈んでいった。


「……ここは？　私は……生きている？」

どれくらいの時間がたったのだろう。目を覚ましたキリカは、何故か命を拾ったことを……その理由を朦朧とした意識の中探そうとする。

「もう、大丈夫だよ」

逆さまの顔がキリカを覗き込む。垂れ下がる金の糸が、キリカの頬を悪戯するように撫でる。

「し、失礼をいたしました」

キリカは見知らぬ少女の膝から頭を離し、身体を起こそうとするが、力が入らずふらついた。

「あっ……？」

「ほらあ、まだ無理しちゃダメだよ！　大分、血を失くしてたみたいだから」

そして、少女の膝に引き戻される。

「申し訳ございません」

「いいの、いいの！　役得、役得!!」

そう言って、少女は微笑みを浮かべ、キリカの髪を優しく撫で続けていた。

何故か嫌じゃなかった。家族、兄以外の見知らぬ人に触れられているのに。

右腕の痛みはもうほとんど無い。良かった。傷跡も全く残ってない。

この短期間にこれほどの治療。キリカはここまでの術者を知らない。

視界の端に、得意そうな表情をした少女の顔が写り、可愛らしいと思った。

そして、キリカはここに来て初めて、少女の顔をしっかりと見据えていた。

美しく整った容姿に湛えられた微笑みは、優しさと慈愛に溢れ、見るものすべてに安らぎと癒しを与えるだろう。雲一つ無い、澄み切った空のような青い瞳は微塵の穢れも似つかわしくなく……

そこに映る自分の姿を恥じた。

「ん？　どうしたの」

「いえ、何も……あの、ありがとうございました」

「うん！　どういたしましてだよっ‼」

少女は『なんのことはない』と気軽に答える。

「そうだっ！　自己紹介がまだだったね‼」

「失礼致しました。私はキリカと申します」

「キリカちゃんか〜　名前まで可愛いんだね‼　どうするのお姉さん興奮しっぱなしだよ⁉」

目を輝かせる少女を後目にキリカは目を閉じた。そして、行き場の無い葛藤に心を曇らる。

（……私は命を救われた）

（この方……『聖女』に）

直感だった。死の淵でその姿を見たとき、ひと目でそう思った。そして、少しばかりのふれあいが、それを確信へと昇華させた。

（お兄様……私はどうすれば……）

わしゃわしゃと髪を弄られるも、キリカはされるがままだった。

「はっ！　ごめんね、つい我を忘れちゃってた」

「いえ、大丈夫です……その、気持ちいいです」

「アハハハハ、じゃあ、あらためて……コホン」

咳払いをひとつ。少女は取って付けたような仕草で、今更ながら年上を取繕い、言った。

「私の名前はフィアナ。よろしくねキリカちゃん」

＊　　＊　　＊

「キリカちゃんは、こんな夜更けにどうして、教会なんかに？」

なんかとは、聖女の言葉とは思えなかった。二人は今、礼拝堂の長椅子に並んで座っていた。

「兄と離れ離れになってしまいまして……女神様のご加護をと」

咄嗟に礼拝堂へお祈りに来た少女を演じた。嘘は言っていない。

そして、そのことに何故か、ほっとした。

暗殺対象の聖女候補と偶然にも出会った。しかしキリカにとっては既に命の恩人だ。

（お兄様、私はどうしたらいいのでしょうか？）

早く兄を探さなければ……そう思った。しかし、ここを離れても良いものか。

「それは大変だ！　早く探さなきゃ!!」

そう言ってフィアナは突然立ち上がる。まるでキリカの焦る気持ちを代弁するかのように。

そしてキリカの手を取り、礼拝堂から外へと導く。思った以上の力強さにキリカは驚いた。

「あ、ごめん、痛かった!?」

「い、いえ、もう傷はすっかり……聞かないのですね」

切り傷のことを、暗に聞いた。

「ん、秘密は魅力的な女子の嗜みだと思うよ！　かくゆう私も、くふふふふふっ」

まったく隠せてないと思った。

「くすっ」

キリカは思わず笑ってしまう。

聖女と、聖女候補を守る『七使徒・プルーデンス隊』。

先ほどの男達はここには居ない。思えば連中は、フィアナを探していたのではないか？

キリカは今、とてつもないアドバンテージを手にしていた。

しかし、そのような考えや言葉が心の中に思い浮かぶことはなかった。

もはや、何をどうしたいのか分からない。そんなキリカの手を今、聖女様が引いている。

本当に女神様は滅茶苦茶だ。笑うしかない程に。

「とにかく早く行こう！　こんな所で時間を浪費してる場合じゃない！」

「こっ、こんな所って？　あ、あの、お祈りは……女神様のご加護は？」

一応、自分の言い出したことなので聞いてみる。

「ダメダメ！　リリィエル様、探し人にまったく、ご利益ないから!!」

フィアナは顔を歪め、手をヒラヒラさせて女神様の無能っぷりをアピールする。

「私なんか十年もお祈りしているのに全然なんだから！　光導神のくせに!!」

ふんすと拳を握りしめ、咎めるように言うその様は、初めて見た際に女神に祈りを捧げていた少女と同一人物には……。本当に聖女候補なのだろうか？　キリカは自信を失いつつあった。

「いっしょに探そ！　待ってても会えない……このまま会えなかったら、きっと後悔するから!!」

「はい……ありがとうございます……」

そう言うとキリカは握られた手に身体を任せた。今は兄のこと以外、何も考えられない。だけど何故かすべてが上手くゆくような、そんな安心感をフィアナは感じさせてくれた。それはいつもキリカの隣にあって包み込んでくれる、優しい感覚と何故かよく似ていた。

「キリカちゃん、お兄さんって、どんな人？」

「とても素敵な人です。強くて、優しくて……私をいつも守ってくださいます」

「あはっ！　お姉さん、探すための特徴とか聞いたつもりだったんだけどな～」

「もっ、も、申しわけございません!!　ええっと、か、髪と、瞳が黒くて……」

「いいよ、いいよ、大好きなんだね、お兄さん」

キリカは頬を染め、俯《うつむ》いた。

「私にもね、お兄ちゃんが居るんだ」

キリカは黙って聞いていた。フィアナがその表情に、初めて寂し気な影を落としたからだ。

「優しくて、カッコよくて、今も陰ながら私を守ってくれてるんだ。キリカちゃんのお兄さんにもきっと負けてないよ!!」

フィアナの言葉のままに、思わずキリカは周囲の気配を探る。しかし何の反応も無かった。

「あのフィアナさんのお兄様はどこに？」

「十年かな、この教会で離れ離れになって。それから一度も会って無いんだ」

「そう……だったんですね」

「私達には、ちょっと複雑な事情があるんだ。でも二人共、教会の内側で働いてて、定期的に手紙のやり取りはしてるから!!」

フィアナの精一杯の笑顔がとても痛々しかった。

「そう、それにねっ!!」

フィアナはそう言って、キリカの耳元で囁いた。

「私とキリカちゃん、二人だけの秘密だよ……」

キリカは今まで家族、兄以外の者と、ここまで関わりを持った事がなかった。

今、芽生えつつある新しい感情はキリカにとってとても心地よいものだった。

「もうすぐね、もうすぐ会えるんだ!!」

「それは、良かったです！　本当に!!」

「半月後、お兄ちゃんと十年ぶりに会えるの!!」

生まれつつある友愛の情と、自分達に課せられた任務との間で、心を激しく揺さぶられる。

私は、どうしたら……駄目だ……もう私は……

「お兄ちゃんが、私を迎えに来てくれるんだ!!」

お日様みたいなフィアナの笑顔。キリカはもうその眩しさを直視できない。

だから気付くことが無かった。その微笑みの中に混じる、不安と寂しさに。

俺は涙を気づかれないように袖で拭うと、頬を両手で叩いて気持ちを入れ替える。

＊　　　＊　　　＊

「おや、この方は？」

「セツラお兄ちゃん！　私とお兄ちゃんを人攫いから助けてくれたんだ‼」

リアナが元気一杯にアルフ様へ報告をする。ライルは面白くなさそうに、頷いて見せた。

アルフ様は真剣な面持ちで、俺のことをしばらくの間じっと見ていた。

たぶんアルフ様は今、俺の魂の色を見ている。見据えられた俺は、後ろめたい気持ちになり目を逸らしてしまった。

俺はアルフ様にかつて勧められた道とは真逆の方向へ歩いてしまった。

後悔はしていない。だけど前の俺と同様に見てもらえるとは思えない。

アルフ様は安心したような表情の後、頭を下げ笑顔で俺に礼を言った。

「セツラ君、本当にありがとうございました。二人を無事救って頂いて」

「たまたまですよ」

良かった。今の俺も少し位はアルフ様のお眼鏡にかなったみたいだな。

「アルフ様、率直に伺います」

「なんでしょうか？」

「俺を、信じて頂けますか？」

「はい、信じますよ」

アルフ様の返事は即答だった。

「君には二人を助けて頂いた」

アルフ様はそれ以上の事は言わなかった。この十年、色々なことがあったのだろう。

「二人は何故さらわれたと思いますか？　原因が分からなければ、繰り返されることになる」

「そうですね。思い当たる節が一つだけあります」

アルフ様は顔を顰めながら続けた。

「エルロート教です」

「教会……ですか？」

「ええ、まさかここまでするとは。私が甘かった」

俺は別に意外でもなかったが、アルフ様にすればいくら何でも犯罪まがいのことを教会がするとまでは思わないだろう。

「昔、私は教会で司祭をしておりました。しかし、ある一つの出来事がきっかけで私は教会を放逐されることになった」

俺と関わった為にアルフ様は人生を狂わせてしまった。心痛いが今は前に進まなければ。

「その事が今回の誘拐と関係があるのですか？」

アルフ様は首を横に振り、話を続けた。

「私は、教会に帰るように要請され、それを拒んでいる。今回の件はその為でしょう」

「アルフ様は教会には帰りたくないのですか？」

俺は今、明らかにおかしな問いかけをしていた。

俺の顔には『自分を許して欲しい』そう書いてあったに違いない。

「教会を出て、人を教え、導くことの難しさ、そして楽しさを本当の意味で知りました」

アルフ様は子供達を順番に見てゆく。そして俺に優しく言った。

「私にはこの子達がいます。私は今幸せですよ」

俺は次の言葉が出なかった。

「セツラ君、正しい道が正しいとは限らない」

この人はどこまで気付いているのだろうか？

「かつて私は間違えた。いや力が足りなかった。そして未だその日のことを後悔をしない日はない。

だけど、そのおかげで今日がある」

「セツラ君、君の答えは君だけにしか出せない……今を生きなさい」

そのときの俺は、どんな顔をしていたのだろう。

嬉しそうな顔？　悲しそうな顔？　笑いそうな顔？　泣きそうな顔？

まるで、福笑いのような顔をしていたに違いない。

ひとつ言えることはアルフ様はあの日の続きをしてくれている。

未だ進むべく道に思い悩む俺の為に……。

そして俺の運命は、とうとう前世と交差する。

「ライルにリアナ」

「何、園長先生？」

「なんだよ突然!?」

重い空気の中、名前を呼ばれた二人は狼狽える。

「ごめんごめん、二人を呼んだわけじゃないんだ」

アルフ様は二人の反応を楽しみながら俺に告げた。

「ライルとリアナは、私が一番最初に預かった兄妹です。まだ生まれて間もなくて……いや、あの時は本当に大変だった」

アルフ様の口から出る知ったはずの名に、俺の心は妙に落ち着かなかった。

「あの日、私が助けることができなかった……いいえ、進むべき道を教えてくれた二人の兄妹から、名付けさせて頂いたんです」

「二人……兄妹……妹……」

心の奥が激しく震えていた。

今、分かった……何かが俺の記憶に蓋をしている。

生まれてからずっとあった違和感。

『大切なもの』を探している。

あの日誓った、俺が守るべきもの。

「セツラ君、君と同じ位に真っ白な色をした、本当に仲の良い兄妹でした」

「何いってんだよ、この兄ちゃん真っ黒じゃん」

「そうだよ、私達、別にそんなに仲良くないし」


「…………フィアナ？」


俺の口から自然と、その名前がこぼれ落ちた。

「お兄ちゃん、私の名前はリアナだよぅ、フィアナじゃ……」

リアナからの抗議は最後まで聞こえなかった。

「お兄ちゃん!!」

「セツラくん!?」


俺の中で一つの聖寵《固有スキル》が砕け散ったのを感じた。

それは今の今まで、使い道も何もかもが分からず放置されていた聖寵『女神の封印』。

そして俺はその場で崩れ落ちた。

* * *

あの日の死後を含め、全てを思い出した俺は暗転する意識の中、女神様に感謝をしていた。

この十年間、大切な記憶を。そして、命を守ってくれていたことに。

もし俺が転生したときに、すべての記憶をそのままに覚えていたら。

フィアナのことを忘れられずにいたら、おそらくこの十年はなかったと思う。

焦燥感に身を焼かれながら何もできず、また一つの人生を終えていただろう。

『大切なもの』を守りたい。

そんな漠然とした衝動に突き動かされ、俺は力を求め、戦ってきた。

突然に突き付けられる理不尽な暴力を、心無く人を踏みにじる悪意を……俺は与えられ、そして磨き続けてきた力で、ねじ伏せ続けてきた。しかし身の内にある違和感は、繰り返すたびに大きく育っていった。

俺はそれらがすべて、自身の前世の因縁に起因するものと考えていた。

そして俺はそれらを探し出し、決着をつける為に妹と二人旅に出た。

それは間違えてはいなかった。しかし、大切な何かが抜け落ちていた。

前世……。過去との邂逅は女神様の封印を破り、俺の記憶を呼び戻した。

あの日、女神様は言った。フィアナの背負った運命は世界を巻き込むと……

今日、女神様は俺が運命の舞台に上がることを認めてくれたのかも知れない。

俺はあの日誓った『大切なもの』を取り戻した。

そして、今また誓う。

『妹《フィアナ》は俺が守るんだ』

＊　　　＊　　　＊

「驚かせてしまい、本当に申し訳ございませんでした」

俺はベッドから身体を起こし、アルフ様に深々と頭を下げた。

部屋の中は簡素な作りの事務机と寝台だけがあった。アルフ様の自室だろうか？

俺はあの場で気を失い、ここに運ばれ不覚にも介抱されてしまっていたようだ。

「はは、私よりも子供達の方が大変でしたよ。後で声をかけてあげてくださいね」

動揺して涙ぐむリアナや子供達の姿が、俺の中にあるフィアナの思い出に重なる。

俺はやっと取り戻した大切な宝物を、ひとつひとつ、ゆっくりと確かめていった。

そんな俺をアルフ様は、硬い面持ちで見据えて言う。

「セツラ君、さきほど私は君の色を真っ白と例えました。しかし実は違うのです」

俺はアルフ様の言葉の本質を分かりかね、曖昧に頷いた。

「君の心は、闇のような『黒』で覆われている」

俺は変わってしまったのだろう。でも何度でも言う。後悔は無いと。

俺には大切なものを『守る力』が必要だった。

「……そうですか」

決意とは裏腹な暗く沈んだ声が出て俺自身も驚く。

それを聞いたアルフ様は、安心したように続けた。

「しかし私は、そんな『黒』の中心に忘れ得ない。あの日の『白』を見ました」

そう語るアルフ様の眼差しは優しく昔を懐かしむようなものに変わっていた。

「その『白』は闇を照らそう、晴らそうとして、尚いっそうの強い光を放っているように感じました。そう、まるで夜空に光輝く星のように」

「……あ、ありがとうございます！」

アルフ節は健在だった。恥ず……違う、懐かしい。

アルフ様はおそらく俺《ラエル》に気づいている。だけど俺も彼も、それに触れることは無い。

『今を、生きなさい』

『今を、生きてます』

お互いの沈黙が交わした、最初の挨拶だった。

そして残念ながら昔を懐かしむ余裕はない。俺は答え合わせをはじめる。

「アルフ様、いきなりで申し訳ありませんが、その兄妹がどうなったか知りませんか？」

「いいえ……たいした情報は持ちえませんが、私が知りうる限りのことをお伝えします。二人は、教会の内部で保護されたと聞き……いえ、調べました」

「それは兄妹についての情報が制限されていると言うことですか？」

「ええ女神様の神託が下されたと。そこに辿り着いた後、私は教会を追われることになった」

「す、すみません」

「セツラ君が謝ることではありませんよ。それに今となってはどこまでが真実だったのか……私には分かりかねますから」

アルフ様は俺を見ながら少し顔を歪めて言った。

「ありがとうございました。十分です、大体わかりました」

■半月後、リリィエルロート神聖国で執り行われる、新たな『聖女』の戴冠式。
■女神様の神託によって、情報が制限されている、十年前に保護された、兄妹。
■フィアナを知る、アルフ様。そのアルフ様を教会に戻そうして起こった誘拐。
■そしてその『聖女』候補の暗殺依頼。
流石は女神様だ。良い仕事をしてる。

「セツラ君、私にも教えてもらっていいですか？」

「はい、アルフ様も無関係とは言えないですから」

俺は息を吸い、結論を吐き出した。


「フィアナは次の聖女です。そして、おそらく……今この街にいます!!」

「とにかく、今はキリカちゃんのお兄さんを迎えに行こう!!」

「でもフィアナさん、教会の外へ出ても大丈夫なのですか?」

街中では今頃、プルーデンス隊の連中がフィアナを血眼で探しているはずだ。

キリカという暗殺者も取り逃しているのだから尚更だと思えた。

「キリカちゃん、今から見ることは内緒だよ」

「私とフィアナさん、二人だけの秘密ですね」

「ふふふん、じゃあ、見ててね!!」

フィアナは胸をそらして無駄に得意気なポーズを取ると、手を組み合わせ、祈りを捧げるような恰好で呪文を唱えた。

フィアナの身体が淡く光りはじめる。

無数の光の粒子が生まれ、身体中を巡るように動き始めた。

それらは少しずつ背中に向い集まりながら、一つの形を成してゆく。

それは光で模《かたど》られた、大きな翼だった。

「聖なる光よ、彼の者を惑わす我が幻身とならん」

光の翼は大きく羽ばたくと、フィアナを包み込むように閉じられた。

「幻影光《ミラージュ》!!」

*

*

*

力ある言葉に合わせて光は膨れ上がり、まるで昼間のように礼拝堂を照らした。

そして月明りの静寂が戻ったあと、そこには一人の少年が立っていた。

「どう？　キリカちゃん、びっくりした⁉　これが私のお兄ちゃんだよっ‼」

少年はフィアナの声でキリカに向って、満面の笑みを投げかける。

「……お兄様」

「えっ⁉　キリカちゃんのお兄さんに見えてる？」

「い、いえ！　ごめんなさい、全然、違います‼」

目の前にいる少年は、歳、背格好こそ近いと思われるものの、兄とは髪の色、目の色、顔付き、すべてがまったく違う。その柔らかくて優し気な面持ちは、フィアナに良く似ていた。

なのにキリカには、その姿が兄と重なって見え……無意識のうちに呟いてしまっていた。

「良かったぁ～　どっかで浮気して別の妹、作ったんじゃないかと疑っちゃったよ‼」

「はい、そんなことは、絶対にしそうにない、お優しそうな方に見えます」

「でしょ？　でもいいなあ、キリカちゃん。私にはお兄ちゃんの姿は見えないんだ……鏡を見ても、光った私が、うつるだけだから」

少年の顔が寂しそうに笑った。

「大丈夫です、もうすぐ会えますよ……それに」

すぐに取り繕うキリカの脳裏には、もう任務の二文字は消えていた。

「……それに？」

キリカはわざと悪戯っぽい笑みを浮かべる。

「いま見えても、弟さんにしか見えませんよ」

「もうっ！　キリカちゃんの意地悪ぅ～!!」

じゃれ合う二人は、まるで本当の姉妹……いや兄妹のように見えた。


深まりつつある夜に、教会がある北側の地区は静寂に包まれていた。

フィアナは少年の姿で、屈伸や柔軟やらを念入りに繰り返している。

「それじゃあ、お兄さんはその孤児院にいるかも知れないいんだね？」

「兄と縁のある方がそちらに……ですので、多分」

しかし兄はそのことを知らない。もしかしたらこの街に来て、知り得たのかも知れないが。

「宿もそっちなんでしょ？　帰ってきているかも知れないし。どちらにしても南側に行こう」

そう言ってフィアナはしゃがみ込むと、その背中をキリカに向けた。

「キリカちゃん、おいで」

「え、えっ!!　ええっ!?」

どう見ても『オンブ』ということだろう。キリカは動揺を隠せずにうろたえてしまう。

「フィアナさん！　私、自分で歩けますから!!」

「だめっ！　いっぱい血を失ってるんだから!!」

それに考えてみれば、フィアナの足に合わせると、南側に着くのに朝までかかってしまう。

キリカは逡巡する。

「んもうっ　仕方ないなあ」

フィアナは立ち上がってキリカに近づくと、背中と腰に手を廻して、ひょいっと抱え上げた。

「きゃっ⁉」

「軽っ、キリカちゃん、ちゃんとご飯食べてる？」

そう、お姫様抱っこだった。

「ふ、ふぃっ、ふぃあなさん⁉　お、おろしてくださいっ‼」

「だーめっ！　それにこの姿の時は『ラエル』って呼んでね」

そしてフィアナはキリカを抱え走り出す。その速さはキリカの想像とは全然違っていた。

「はっ、速い⁉　フィアナ……ラエルさん‼」

「あは、ちっちゃい頃から鍛えられてるから」

セツラやキリカには及ばぬにしても、並の早さでは無かった。

これなら半刻もあれば南側に着くことができるかも知れない。

「自分の身は自分で守れるように、ってね‼」

無駄に王子様のような笑顔がキリカに向けられ、

「ひゃんっ⁉　どうしたのキリカちゃん！」

突然、フィアナの胸にキリカは顔を押し付けた。

その豊かな柔肉の中に、赤くなった顔を埋めようと……残念ながら今のフィアナの姿ではまるで隠せていなかった。

「……違うんです……ごめんなさい、お兄様……」

何度も繰り返して言う、キリカの声は消え入るように小さかった。

「じゃあっ、行こう！　お兄ちゃんのところへ!!」

＊　　＊　　＊

教会の建物を構成するいくつかの塔。そのうちの端と端、一番遠く離れた二つ、それぞれの上で、そのやり取りはされていた。

「やっと行ったか」

「行ったみたいね」

「いいのか？　次期『聖女』様をお披露目してしまうことになるぞ」

「貴方に見つかってしまった。ならば、もう隠す必要がないことよ」

言葉が届く距離ではない。互いの独り言が交互に発せられているかのようだ。

「聖女がヴェルドフェイド公国に囚われれば、お前にも都合が悪くないか？」

「あっちにはセツラちゃんがいる。キリちゃんも行った。きっと上手くやるわ。それにあの姉妹……ヴェルドフェイドの……きっと面白くしてくれそう……プッ」

噛み殺すような笑い声が続き、いっとき会話が途切れる。

「何か分からないが、俺としては今回ばかりは子供達に上手くやられては困るな」

「ええ、そんなだからお父さんはここでお留守番。子供達を邪魔しちゃ駄目よ！」

「夫婦喧嘩は子供達に見せるもんじゃないしな」

「そうね、じゃあ、そろそろ始めましょうか？」

「ああ、何年ぶりだ？　しかし気が乗らないな」

「クスっ　そんな事言ってたら死ぬわよアナタ」

「じゃあ、殺るか……死ぬなよスズラン」

「ええ、今から夫婦でも何でもない……」

そして影に浮かぶ陶磁器の人形が酷薄に笑う。


「久しぶりに殺してあげるわ……お兄ちゃん」

＊　　＊　　＊

二人の男が路地裏に潜み、こそこそと大通りを覗き込んでいた。

「えらい目に遭った、あの小娘っ！　次に会ったら、絶対に許さん!!」

「あのような可憐なお嬢さんが暗殺者とは……私は教会を許せません」

ほとんど、暴動一歩手前だった。

もはや何も聞く耳を持たない民衆達から何とか逃げ出し、今は恨み言を囁き合っていた。

「ザックお前なあ。まあ教会と一口に言っても、動いてるのは強硬派の連中だけだろうがな」

「ええ、聖女の暗殺なんて恐れ多いことを企てるのは強硬派の中でも、さらにほんの一部。だからこそ我々の戦力でも対応が可能。それがセレスティア様の見立てですから」

「にしても不味いな、ここに聖女の嬢ちゃんが居ることを知られちまった」

「このまま、このことが暗殺者ギルドに知られれば、セレスティア様の計画は水泡に帰しますね。どうしてくれるんですか、隊長？」

「いや、まさか、あんな小娘が俺達の所在を言い当てるなんざ、想像もできねえだろうが？」

ザックと呼ばれた男は、大通りの方にいる隊の男達数人と手信号《ハンドサイン》を交していた。

既に衛兵が騒ぎの対処に当たっており、面の割れた二人は表には出られなかった。

「――武装解除、捜索継続、あと、隊長無能……」

「っておい!?　ザック、てめえ!!」

「まあ、あのような可憐で幼い少女……つい心を奪われてしまうのも、分かりますが」

「お前は衛兵に引き渡した方が良いのかも知れん」

頭の回転が速く、剣の腕においても自分と並び立ち……いや超えるのも時間の問題である。

普段はこの上なく頼りになる男なのだが。

隊長と呼ばれる男は自分の右腕である優秀な部下を、今はこの上なく、残念な目で見やった。

「今までのところ私達の動きを教会、強硬派に覚られた気配はありません。穏健派の協力を上手く得られているものと思えます。我々の正体が知られたのは少女の能力に由来するものでしょうね」

実際、キリカが言い当てたのは、セツラと共に独自に持ち得ている情報と、洞察力によるものであった。が、その『気配察知』の能力によるところは大きい。

「だろ!? ありゃどうしようもない不幸な事故ってやつだよ、うん!!」

「隊長さえ不用意に声を掛けなければ、こんな事にはなってませんよ」

「いやだって、血の匂いがよう……したから？」

「アンタいつもソレ言ってんじゃないですか！」

二人は少しの間、収まらない騒ぎを建物の影から見ていた。

そして諦めたかのようにその場から離れ、路地裏を移動しはじめる。

「何にしても、フィアナ様の身柄の確保が最優先です。闇に乗じた暗殺者、それもあれほどの手練れを我々が探し得るとは思えません」

「だよなあ、まあ、あんだけの手傷を負わせたんだ。どっかで、くたばってくれてるかもな」

「そうなってたら、私が隊長を殺しますから」

「本当にお前は、いったい何がしたいんだ？」


表通りとは比べるまでもないが、裏通りにもそれなりの数の店が明かりを灯していた。しかしその殆どがうらぶれた酒場や享楽施設であり、若い女性が出入りするような類の店では無い。

そんな店を一軒、また一軒覗いては、ため息をつく。二人は表通りの捜索を他の隊員にまかせ、あてもなく裏通りを探し続けていた。

「……隊長、やっぱり北の方にも人を割いた方が良くないですか？」

「北には屋敷と教会しか無いだろ、無い無い！　嬢ちゃんに限って」

「お祈り嫌い、お勤め嫌い、そして大喰らいで通ってますからねえ」

「人手もまったく足りねえ、南通沿い《食べ物屋》に絞るのも仕方がねえだろ？」

交易都市ルージュティアは東西を大きな街道が横断し、分断された南北において、その棲み分けは明確と言えた。北側は城を中心に貴族や豪商達の閑静な屋敷が多く、夜になれば静寂に包まれる。反面、南側には商人や冒険者達が滞在する宿が立並び、大通り沿いともなれば、飲食店や遊楽施設等の明かりが一晩中消えることはない。そしてその数は、大小ゆうに千は超える。

「なあ、こんなんで嬢ちゃん探せると思うか？」

「少なくとも我々では適材適所とは……いつもながらに、とても言い難いですね」

「そうだよなぁ？　俺等、今まで一度も嬢ちゃんのこと見つけれたことねえもんなあ」

「ええ、同様に暗殺者も見つける事はできない。今はそう信じるしかありません」

「でねえとこの十年。神託に導かれて、隠し通してきたことがすべて無駄になるよな」

フィアナが巡礼を抜け出して、行方をくらますのはここのところ常となっていた。そしてその度プルーデンス隊は捜索に駆り出され、苦汁を飲む結果となっていた。

翌日にはひょっこりと帰ってくるのではあるが、今は時がとき、非常事態である。

ただ今回の計画は一切フィアナの知るところになく、狙われている自覚はまるでなかった。

「しかしまあ、あのセレスティア様が何の手も打って無いとは思えません。我々は与えられた役割を、まっとうするだけです」

「ああ、そうだな……だけど、このままじゃあ、また俺達も嬢ちゃんと一緒に折檻の流れじゃねえか？　勘弁してくれ！」

二人の男は共に自分達の命を奉じた乙女の姿を思い浮かべ、苦笑する。

その時だった。

――ドガァーーーン!!

大きな破砕音が、そこから少し南……貧民街に近い場所で鳴り響いた。

*　　　*　　　*

――ドガァーーーン!!

大きな破砕音が、正門当たりで鳴り響いた。

「「!?」」

俺は急ぎ周囲の気配を探った。

「アルフ様、子供達を一カ所に集めてください!!」

「いったい何が！　どうしたんだ、セッラくん!?」

「囲まれています！　恐らくは誘拐と同じ連中、教会の手のものです」

くそ！　やっぱり妹《キリカ》がいないと俺は駄目だ。

こんな状況になるまで、まったく気付かないとは。

俺達は廊下を走りながら話を続けた。大きな音に部屋を飛び出した子供達を、次々と加え一階の食堂を目指す。泣いている妹（？）もいる。許せん!!

「しかし、ここまでの事をしての利用価値が私にあるのでしょうか？」

「聖女候補……フィアナに暗殺の動きがあります」

「あ、暗殺ですか!?」

「ええ、それも半月後の戴冠式まで。聖女になるまでと期限が設けられています」

「なるほど教会には聖女候補。フィアナさんの顔を知るものが居ないわけですね」

「恐らくは。そして過去にその情報に過度の接触を図ったアルフ様に目を付けた」

「教会が暗殺とは……教会はそこまで……」

アルフ様は見限ったとはいえ、一度は信じ歩んだ道に衝撃を隠しきれていなかった。

教会と暗殺者の繋がりは事件の根底を成すものなのだが、今はそれを伝える必要はない。

ただ先ほどの爆発を伴った正門への襲撃。どう考えても暗殺者の手口とはいい難い。

陽動か？　焦っているのか？　それとも、はたまた別の理由か？

気配は屋根の上に三つ、そしてその他複数が正門前に向かっている。何故仕掛けてこない。

いや……俺は考えても仕方ない敵側の事情を頭の隅に追いやり、今やるべき事を進める。

「アルフ様、何か武器になりそうなものはありませんか？　少しくらいの時間はあるようです」

食堂に到着し俺は駄目もとで尋ねる。そう残念ながら俺はほぼ丸腰状態だ。

「少し待っていてください！　セツラ君、子供達をよろしくお願いします!!」

事情が分からず、子供達に不安が広がっていた。

「な、なあ、一体何があったんだ？」

「セツラお兄ちゃん、大丈夫なの？」

ライルとリアナが、子供達を代表する形で尋ねた。俺は子供達に現況を伝えるべきか迷う。

しかし、いざという時に心構えが有ると無いとでは動きに雲泥の差がでる。

「静かに聞いてくれ。決して大きな声を出したり、泣いちゃ駄目だ」

ライルとリアナ、他の子供達も皆、静かに頷いた。よし、良い子達だ。

「ライルとリアナを誘拐した悪い連中が、孤児院を取り囲んでいる」

子供達の顔に動揺が浮かぶも、誰も声は出さない。

「なあに全然心配はいらない！　たったの数人だ!!」

本当は十数人。それも俺の気配の察知圏の話なので、それ以上かも知れない。

こちらは子供達やアルフ様を守りながらの戦いとなるだろう。正直、厳しい状況だ。

しかし無理に子供達を怖がらす必要はない。

「みんなには指一本、触れさせやしない!!」

俺は子供達を安心させるように力強く言った。

すると子供達は拳を胸の前で握り、頷き合い。


「「「セツラお兄ちゃん、頑張って!!」」」


あくまで静かに、俺にエールを送ってくれた。

「おっ、おおふぉ、おうっ!!」

「お兄ちゃん、しー、しー!!」

子供達が人差し指を口にやり俺の奇声を咎める。危ない。俺は鼻血を抑えるために上を向く。

ここは楽園だったのか。俺もうここに住もうかな？　もちろん、フィアナもキリカも一緒に。

そしてアルフ様が大きな木箱を抱えて帰ってきた。

「セツラ君、こんなものでどうでしょうか？」

「アルフ様、これは!?」

箱の中には片手剣、短剣、ナイフ、小型の盾や弓まである。アルフ様はうち一振り、片手剣を鞘から抜いて顔の前に構える。なかなかに、いや結構かなり様になっていた。

「若い時分に騎士の道を志し……いや強制的に放り込まれたといいましょうか」

アルフ様は伯爵家の四男だったな。確かに騎士くらいしか進める道は無いな。

「それに冒険者を夢見た時期があったんですよ」

そう言ってアルフ様は俺にウィンクをしてみせた。はは、アルフ様有能。流石です。

俺は短剣やナイフを選び、腰ベルトごと装備する。そしてここは食堂だ。リアナに頼んで持って来てもらったナイフやフォークも片っ端から懐に放り込む。

「アルフ様はここで子供達をお願いします!!」

「分かりました、任せてください。セツラ君は？」

守る側が後手に回れば不利になる。敵が動かないなら、こちらから仕掛けるまでだ。

俺は窓を突き飛ばすように開くと、開かれた窓枠に足を掛ける。

「出ます！　アルフ様や子供達は俺が守る!!」

＊　＊　＊

外に出た俺はそのまま一気に跳躍した。

そのまま二階、三階と窓のひさし部分を足掛かりに走るかのように駆け上る。

そして屋根の端に指を掛けると同時に身体を回転。四足獣のように降りたつ。

相手を威嚇するように油断なく、ゆっくりと首をふりながら周囲を警戒する。

気配察知通り、そこには闇色の装束に身を包んだ三人の暗殺者と思しき男達。

男達は一瞬、動揺するも、すぐに戦闘態勢に入る。

うちの一人、奥の男に見覚えがあった。貧民街で最後まで警戒を怠らなかったあの男だ。

そしてまた、相手も俺に気づいた。

「貴様、その豚と糞尿の臭い!?」

くそ！　やめろ、その気づき方！　まだ臭うのか!?

いや暗殺者だから鼻が利くんだ。そうに違いない！　アルフは何も言ってなかったし。

「ガキの癖に暗殺者だったとはな」

俺の気配と先ほどの体術から当然のことながら、そう帰結する。

「そうか貴様！　ヴェルドフェイドの間者か!?」

「はあ!?」

憎々しい顔で、俺と正門あたりを交互に見やる。

正門は既に原型を留めない程に破壊されていた。

そして大多数の暗殺者達が『謎の二人組』と現在、交戦中だった。

皮肉にも暗殺者達が孤児院を守って、戦っているようにも見える。

既に何名もの暗殺者が周辺に転がっていた。見るに切り倒された者はまだ運が良い部類だ。

消し炭になり、まるで原型を留めてない屍らしきものも大量に転がっている。

察するにあの二人組がヴェルドフェイド公国の者で、正門前の襲撃は暗殺者達の想定外。

暗殺者達は完全に虚を突かれた形になり、計画も指揮系統も完全に混乱している状況なのだろう。

敵の敵が味方とは限らない……だが、今の状況はこちらに取って好都合だ。

現にヴェルドフェイド公国所属らしき連中は、周囲の被害を欠片も考えず、出鱈目に攻撃魔法を乱発している。男は蹂躙される仲間達を見ながら、吐き捨てるように俺に言った。
「世界の秩序を破壊せんとする、悪の中枢が如き国の手先が！」

そして、
——ドッガガガァーーーン!!

二度目のさらに激しい爆発音が響き渡り、それを合図にいま戦端が開かれた。
斜めに傾いた屋根の上を俺は這うように疾走する。
手前の男が反応し、俺の頭をめがけて鉈のような刀を振り下ろす。
足場は悪く、左右に避けると屋根からの転落は免れえない。
体裁きだけで躱《かわ》しては追随する刃の餌食になる。
俺は伏せる様に身を低めて初撃を回避。同時に突き出した左手を支点に、前方に反転。
懐に飛び込みながら、回転の勢いを乗せたナイフで胴体を切り下ろした。
ギャイインンン!!
鈍い音が鳴り響く！
鎖帷子《くさりかたびら》か。ナイフと俺の膂力《りょりょく》では切断は厳しい。
男は前かがみになり、そのまま両腕で挟み込んで俺を捉えようとする。

俺はそれより速く男の身体を駆け上がり、肩口から跳躍。

攻撃に加わってきた二人目の男をも飛び越え、一気に奥の男まで間合いを詰めた。

「ナイフが通用せぬから、これとは。いやお前『毒使いか』？」

男は俺の投擲したソレ《フォーク》を眼前で掴み取り、目を輝かせながら言った。

そして背中越しの暗殺者達、それぞれの背にフォークが突き刺さっていた。

もちろんフォークは鎖帷子に阻まれ深く刺さることは叶わず、男達の顔を少々歪める程の小傷を作るに過ぎない。しかし男達は崩れ落ち、何度か痙攣したのち動かなくなる。

暗殺者にとって毒を使うことは当前のこと。誰もが強い『毒耐性』を先天的、後天的にしろ身に着けている。故に、暗殺者同士の争いでは毒は主兵装にはなり難いと言える。

しかしその毒をより強い『毒耐性』と深い造詣をもって扱う暗殺者を『毒使い』と呼ぶ。

もちろん俺は手の内を晒さぬよう気を配っており、そんな二つ名をみずから名乗ることはないのだが。

男は片手を上げ、指を何度か前後に動かした。

別の棟の屋根に待機していた暗殺者が、闇の中に姿を消す。撤退の合図だ。

「なるほど……では先のあれは随分と腑甲斐ない醜態をさらしていたようだな」

ニヤリと嬉しそうな笑みを浮かべると、ベルトに付けたバッグの蓋を開けて中に手を入れる。

「これは同じ『毒使い』として汚名を濯《そそ》がねばならないな……」

二度目の大きな爆発音の後、正門前の暗殺者達は全滅したようだった。

襲撃は明らかに失敗と見えた。

しかし男の暗殺者、『毒使い』としての矜持が、男自身から撤退の二文字を取り払っていた。

付き合う義理などない。今は私闘につぃやす時間は一秒たりとも無い。

俺は己の最速を持って迫撃をしかけた。

低い姿勢から滑り込み、毒を引き出そうとした手首を、バッグごと渾身の一撃で切り飛ばす。

何も掴まれていいないい空の手と、空のバッグが屋根の上を滑り落ちて行った。

「なっ⁉」

男はもう一方の手で、どこからか取り出さした丸薬を口に咥え込む。

そしてそれを嚥下して、勝ち誇ったような最後の笑みを俺に向けた。

やられた！　囮かっ⁉

自らを『毒使い』とあえて名乗り、俺への再戦を謳ったのはブラフ《はったり》。毒と思わせたバッグの中身は空っぽだった。

俺は男を読み誤っていた。

こいつはすでに任務に失敗している、ただの自己満足に付き合う必要は無いと。

男はすでにここを己の死地と定めていた。そして、いまだ任務の最中にあった。

「お前達《ヴェルドフェイド》には、聖女に連なる者は渡さん…………後は任せ……」

そして男は全身を血に塗らし、こと切れた。

今際の言葉の最後は聞き取れなかったが、明らかに道連れを示唆していた。

死体は未だ高熱を発しているのか、至るところから沸騰したような血液が撒き散らされる。

そして急激に腐蝕が進むとほろほろと肉が剥がれ落ちてゆき、崩れた肉の塊と成り果てた。

腐肉はボコボコと発熱を続け、霧状になった血液は飛散して周囲の空気を汚染していった。

俺は急ぎ汚染された空気を取り込み、即座に毒の解析を試みようとして……片膝をついた。

とても、立っては居られなかった。

毛穴という毛穴から血が吹き出す。

……それは俺の知らない毒だった。

第四章

『愚者の戦い』

『アルフ・ヴェールズ、もしくは近しい者の拉致』

男達は最初の任務の最中、貧民街にて突如の妨害を受け失敗を犯した。

その際、目の前に表れたのは子供。おそらくは囮として金で雇われた貧民街のものだろう。

男達は影に隠れた妨害者によって、まんまと孤児院の子供達を奪還されてしまった。

妨害者の素性は分からぬが、誰一人として危害を加えられる事無く放置されていた。

今回はその失敗を踏まえ、妨害者の存在を折り込み済みの作戦だった。

グループを陽動と実動部隊に分け、陽動部隊においては孤児院内にて一方的な殺戮を展開。

想像される妨害者の脆弱な甘さに付け入り、容易に実動部隊が拉致を完遂する予定だった。


そして今明らかな不測の事態。陽動部隊が襲撃されるなど無論のこと想定されてはいない。

不意を突かれたとはいえ、爆発の威力、規模から火系の上級魔法。明らかに手に余る術者が敵対している。そしてその後も、辛うじて命を繋いだ同士達をこともなしに屠り続けている。

まともに戦闘を行ったとしても脅威の排除は困難を極める……いや不可能と思われる。

暗殺者達の首魁らしき男は、すぐに拉致に必要な最低限の人数のみを残し、正門前の襲撃者への反撃を指示した。しかしそれは、明らかに時間稼ぎの為だけの行為。

（スマンな、だが直に俺も後を追うことになろう）

一部の者は、任務の成否に関わらず、既に己の命運を悟っていた。

それは、世界の秩序と安寧の為の礎になる不退転の覚悟であった。

そして男は貧民街で出会った少年と再度対峙することとなる。

世界を間違えていると称する、黒き髪と瞳の少年と……

＊　　＊　　＊

時は少し遡る。

暗殺者達の陽動部隊は孤児院、正門の影で突入の指示を待っていた。

そこに突如火線が現れ、地面を這う蛇のように影達に追いすがった。

そして、達するや否や、巨大な爆発を巻き起こす。

――ドガァーーーン!!

孤児院ならず、街中にまで響き渡るような破砕音。

爆炎と舞い上がった粉塵に奪われた視界が戻ったとき、そこに残されていたのは円形上に抉れた地面、破壊された門と塀のガレキ……そして散乱する肉片と思しき、無数の消炭だった。

背後からの不意を突いた一撃により、正門前で待機していた暗殺者達は既に壊滅状態にあった。

そして追い打ちを掛けるかのように無数の炎球が現れ、生き残った者達を目掛けて飛来する。

「あははは、たっのしい～!!」

そこにいたのは踊り狂うように舞いながら、炎を生み出し続ける少女。

様々な装飾に飾られた純白のローブと、肩までの真紅の髪が炎の熱で起こる風に乱れ、その愉悦に歪む美しい顔を彩っていた。

大雑把な攻撃。しかしながら余りに多い手数に、暗殺者達は少女に近づくことができない。

「おい！　調子に乗るな!!」

炎に翻弄されていた一人の暗殺者の胸元から剣が生え出る。

崩れ落ちる影から姿を現したのは同じ顔をした少女だった。

軽微な白銀の鎧には返り血の一滴も見えない。そしてこちらの顔には微塵の機微も無かった。

少しでも隙を見せたが最期、気配の外から突然現れ、そして機械的に振るわれる細身の刃が確実に男達の命を刺し貫いていった。

「だって、ここに僕達の聖女様がいるんでしょ？　いいとこみせなきゃ!!」

「ああ、暗殺者らしき連中がこれだけ集まっているんだ、当たりだったな」

「どこの連中だろうね、全然知ーらない？　でも聖女様の命を狙うって皆殺しでも足りないよね」

「ああ激しく同意する。ゴミ共は一掃する必要があるな」

容姿を同じくした少女達は背中合わせに並び立ち、包囲しつつある新たな気配に備える。

「いずれ臭いの元も含めてね。じゃあ三十秒ヨロシク！」

「無茶を言う。不意を突かねば中々に手練れた連中だぞ。数も最初より随分多い」

「――生まれし焔の精霊よ――アハハ！　よく言うよ!!　――我が舞いと呪歌の求めに――アンタ

達に、数なんて関係ないでしょ!?」

魔術師然とした少女は舞い歌うように呪文を詠唱しながら、合間に何でもない会話を挟む。

死地に置いても、悪ふざけのような余裕をありありと見せつけていた。

「一応、奥の手なんだぞ。だが我が聖女様に奉納するのも、吝《やぶさ》かではないか」

騎士然とした少女が細身の刺突剣《レイピア》を顔の前に垂直に構えながら言い放った。

「聖剣アポロニウスよ、我らが盟約に基づき、我が現身、偏在することを叶わん」

次なる言葉が発せられる前に、複数の影が二人の赤毛の少女に襲いかかる。

「させない！『爆炎輪舞《フレイムロンド》』!!」

詠唱中に無詠唱で放たれた火系魔法が少女達を中心に竜巻のように立ち昇り、攻撃を阻む。

そして聖剣と呼んだ剣を持つ少女は、力ある言葉とともに炎の壁ごしに神速の突を繰り出す。

「殲滅せよ！『複身顕在《バイロケーション》』!!」

炎を前に怯んだ暗殺者を刺し貫こうと、白銀の刃が振るわれた。

それは全ての影の背後に突如現れた、複数の白銀の少女達から。

「不意を突くのは得意であっても、突かれるのには慣れてはいまい。だが流石と言えよう」

前方と背後から、同時に攻撃を受けた一人の暗殺者は落命していた。しかし他の暗殺者達は、決して軽くない傷を負ってはいるものの、今はそれぞれの少女達と膠着状態に陥っていた。

そして時間稼ぎが終わり、夜劇は終幕へと向かう。

「――狂乱の大火となさん！『獄炎焔舞《インフェルノバースト》』!!」

――ドッガガガァーーーン!!

全てを呑み込む幾本もの炎の柱が、重なり合う爆発音と共に一斉に天を突いた。

「あはははははっ！　燃えろ、燃えろ、燃えろ！　汚れた魂を聖女様に捧げよ!!」

白銀の少女達は爆発の寸前に一斉に姿を消し、踊り狂う炎の中、取り残されたのは暗殺者達のみ。

そして影達は一人また一人と、塵になり消えていった。

＊　　＊　　＊

暗殺者達が姿を消し、赤髪の少女の片割れが剣を鞘に収めようとした時だった。

突如、まだ残る焔の壁を切り裂いて風の刃が少女達に襲い掛かった。

キィンンン!!

甲高い音が鳴り響く。赤毛の少女は剣の鞘でその見えない斬撃を辛うじて受け止めていた。

無造作に髭を蓄えた巨躯の中年と、神経質そうな青髪の青年が炎の壁の向こうに覗く。

「手前ら、やりすぎなんだよ!!」

「ヴェルドフェイドは教会と戦争する気ですか？」

二人の少女は自分達に歯向う新たな者を見止め、ともにいびつな笑みを湛えていた。

「ねえ、もうこれで、ここで、間違いないよね？」

「ああ。怪しげな置手紙。罠とも警戒していたが」

「久しぶりだな『ヴィルジニテ隊』のロークス姉妹だったよな？」

「僕は『ジャンヌ』、妹の方は『エミリア』。双子だからと、一括りにそう呼ばれるのは好きじゃないなあ。『プルーデンス隊』のおじさん達」

「なら俺達も、おじさん達じゃねえ。俺は『ゲイルード』、こいつは『ザック』。忘れんな」

「私は元よりおじさんでは無いです。不愉快です」

男二人の反応を見て、さらに揶揄するようにジャンヌと名乗った少女は言う。

「ふうん、ゲイのおじさん達。僕達に言わなきゃいけないことが、あるんじゃない？」

「なあ、ザック。こいつら切っていいか？　いいよな、いますぐ」

「……隊長、安い挑発に乗らないでください」

「アンタ達の行き遅れの聖女様と一緒にさあ」

無言で剣を抜き放ち、切りかかろうと前へ出ようとするザックをゲイルードが慌てて制する。

「本当、よくも今まで僕達を謀ってくれてたね」

「俺達『プルーデンス隊』とセレスティア様は神託に従い行動していただけだ」

赤毛の姉妹はゲイルードの言葉にはまったく耳を貸さず続ける。

「ああ、そんな事はどうでもいいさ。アンタ達が、ずーっとコソコソと連れ回していた僕らの聖女様を返して欲しいだけだよ」

「ああ、早急に聖女様を我らに引き渡し願いたい。なに、お前達が抵抗しようが関係ないな。力尽くでも連れ帰らせてもらう」

「聖女無しの半端者扱い。僕達『ヴィルジニテ隊』が受けた屈辱は別に御礼させてもらっても良いけどね。なんなら今ここで」

「残念だが、嬢ちゃんはまだ聖女じゃねえ。お前らに渡す理屈は無いな」

ゲイルードとザックは顔を見合わせる。

えっ⁉　ここに嬢《フィアナ》ちゃん居んの？　とは言いにくい空気だった。

――グチャリ
一触即発の空気が漂う静寂の中、何かが落ちて潰れたような重い音が孤児院の方から響いた。

「なんだ⁉」

「何あれ？　うあっ、気持ち悪っ‼」

四人は孤児院の建物の傍に、その大きく醜悪な肉塊を見つけ、それが落ちて来た先……屋根の上で跪く少年の姿に気づく。

遠目からも分かる程に血に濡れ、異様な気配をダダ漏れさせていた。

「どうやら、まだゴミが残っていたようだな。しつこい連中だ」

「そうだね、燃やそう！　今すぐ焼却処分だ‼」

「おいっ、待て！　なんか様子がおかしいぞ⁉」

二人の少女はゲイルードの静止に耳を貸さず、我先にと駆けだした。

彼女達にとって教会の暗殺者はまだ見ぬ主に仇名す、最も忌むべき存在だった。

「ねえ、エミリア。聖女様、僕達のこと一杯褒めてくれるかなあ？」

「うむ、きっと我らの忠儀にご厚情くださろう」

「へへへ……あたまとか、撫でてくれるかな？」

「フフフ……ジャンヌ、お前は少し不敬が過ぎるぞ。先に行く！」

そう言って微笑むと、白銀の少女はその場から忽然と姿を消した。

「待って、お姉ちゃんを置いて行くな！　抜け駆けなんて酷い!!」

建物の手前で置いてけぼりになったジャンヌは、思わず駆けてきたものの、自らには屋根の上にゆく手段が無い事に気付き、呆然となる。

「そうだ、僕は先に聖女様を探そう！　暗殺者から身を隠して建物の中にいるはずだよね？　後で悔しがればいい！　ざまあみろ、エミリアめ!!」

そして気を取り直すと、近く転がっていた、落ちてきた『何か』が目に入った。

「そうだ、なんだこれ？　腐った肉みたいだけど」

少女の片方の手に、火球が一つ生まれる。

「何にしてもこんな汚物、聖女様の穢れ無き視界に入っちゃ駄目だね」

長年、恋い焦がれていた聖女との邂逅に増々気分が高揚してゆく。

「ふふふ～ん♪　もうすぐ聖女様に会えるんだ～」

鼻歌混じりで腐肉を燃やす。急く気持ちからか次々と火球を生み出しては、腐肉にくべる。

「……ヤバ⁉　興奮して鼻血出て来ちゃった」


子供達は争う音や声が聞こえなくると、窓から外の様子を伺っていた。

そして建物のそばで何かをはじめた少女を見入っていた。

「園長先生‼　あのお姉ちゃん、たき火を……あっ、ひっくり返ちゃったよ⁉」

「血が……怪我してるみたい。助けに行かないと」

リアナ達が動揺してアルフに詰め寄る。

「ダメです、まだセツラくんが帰って来てない。勝手に動いてはいけません」

「だけど、すぐ隣で何かがすごく燃えてるよ。このままだと危ないよ‼」

離れた場所にいる二人の男は、こちらを見てるだけで何の動きも見せようとしない。

倒れている少女は襲撃してきた暗殺者には見えないが、味方であるかは分からなかった。

しかし子供達の言うように、このままでは少女の命が危険に見える。放っては置けない。

「分かりました、私が行ってきます。みんなはここから動いては駄目ですよ」


そして外に出たアルフは、悪化しつつある状況に呆然とする。

ジャンヌの放っていた火球のいくつかが倒れ間際に制御を失い、建物の外壁に引火している。

燃え広がり始めようとする中、アルフは煙に巻かれながら、少女を抱えてその場から離れた。

「このままでは子供達が危ない！　早く安全な場所へ避難させなくては‼」

「園長先生〜!!」

「ライル？　みんな!!　いったいどうして!?」

子供達は皆、手に手に水の入った容器を持っていた。

窓からも建物に燃え移った火が見えたのだろう。そして言い付けを守る事よりも、自分達の暮らす大切な場所の危機《ピンチ》に、じっとしていられなかったのだろう。

アルフは暖かくなる心よりも、変調をきたしつつある身体に嫌な予感を覚え、子供達を怒鳴りつけるように言った。

「ダメだ！　こっちに来てはっ!!」

先頭にいたライルとリアナの足は、声に驚いて止まったように見え……違った。

そのまま、うつ伏せに倒れる。

「ライルっ!!　リアナ——!!」

状況は最悪の一途を辿ろうとしていた。

＊　＊　＊

……それは俺の知らない毒だった。

「なんだ……この毒は……」

口腔、鼻腔、粘膜、皮膚、全身ありとあらゆる部位から出血が見られる。

激しい悪寒は急激に体温が上昇していることを示し、割れるような頭の痛みと、絶え間ない吐き気は思考力を根こそぎ奪っていくようだった。恐らくは内臓も損傷しているだろう。

俺は千切れ、軋むような筋肉と骨の痛みに立つことが叶わず、膝から崩れ落ちた。

『お前達《ヴェルドフェイド》には、聖女に連なる者は渡さん……』

道連れの示唆に、俺は冷静さを欠いていたのか？

毒は所詮毒だ。広がれば薄まり効果は弱まる。男の言ったような事は起こり得ない。

俺は最後まで惑わされ続けた事を恥じながら、今はこの未知の毒への対処を急いだ。

体内にてありとあらゆる動物毒、植物毒、鉱物毒等への抗毒、薬の投与を行うも症状の改善は見られない。こうなると『毒耐性』に頼った免疫の獲得を行い血清へと至る必要がある。

しかしその為には、かなりの時間が必要だ。俺は毒の解析をいったん諦めて、生命維持の為、毒を体外へ排出することを試みる。そして朧気に気づいた。

「……増えているのか……俺の身体の中で!?」

それは毒にはありえない特性。俺の中でまるで生物のように活動し増え続けていた。

俺はこの毒を、見誤っていた。

未知の毒の強い毒性に気を取られ、毒の持つ新たな性質を疑うことがなかった。この毒は死してなお、はやり病のように広がってゆく。このままでは男の今際の言葉通り、俺達は死ぬ。

いや、ルージュティアが死滅する可能性も……。俺はすぐさま肉塊を処理しようと呪文を唱える。

「『蠱毒《ダークク》――』くそっ⁉」

遅かった。狙いすましたようなタイミングで血に滑った大きな肉塊が屋根から崩れ落ちた。

――グチャリ
暗殺者との戦闘を終えた、ヴェルドフェイドと呼ばれていた連中が俺に気づいた。

そして何故か二人組がこちらに向かい駆けて来る。

「……ダメだ……こっちにくるな……」

俺は精一杯の声を出そうと試みるが、掠れた微かな声しか喉を震わさない。


そして突然、背後から凶刃が突き付けられた。


首筋にあてられたそれは、少し引くだけで容易く俺の命を刈り取るだろう。

「子供なのか……おい貴様、何者だ？　教会のものか？」

声の主は少女。さっきまで下にいた二人組の一人か……何かしら特殊な移動術か？

現れるまで気配の欠片も無かった。そして今は殺気に満ち溢れている。

「……俺に近づくな……今すぐにここから去れ……ここは危険だ」

「黙って私の質問に答えろ。それとも、一風変わった命乞いか？」

問答をしている暇はなかった。俺は端的に言う。

「……毒だ……はやり病のようにうつる……俺もすでに感染している」

少し刃先が揺れるが、俺の話に興味を持ったようだ。そのまま続ける。

「……教会の暗殺者が使った……新しい毒だ。死体《それ》からも感染……自ら広まろうとする……性質を持つ……今俺を殺せば……お前自身で知ることになる……かもな」

「この腐肉が、お前の言う死体《それ》なのか？」

その時、俺に突き付けられた白刃が明らかに動揺するかのように小刻みに震えた。

「ジャンヌ、何をしている!?」

「……どうした？」

跪いた俺からは死角になっており、少女の視線の先を見ることは叶わない。

「ジャンヌ……姉さんが、お前の言う死体を今、下で燃やそうとしている」

「……やめさせろ……熱への耐性は不明だ……気化して広がる恐れもある」

「駄目だもう遅い！　もう火は放たれている！　ジャンヌ！　姉さん!!」

姉さんと呼ぶに妹か。俺は姉の元へ駆けつけようとする赤毛の妹の手を掴み、邪魔をする。

いま俺には助けが必要だった。

「離せっ！　この手を離せっ!!　ジャンヌ、ジャンヌ！　姉さんっ!!」

「……落ち着け……まだ、生きている。死ねば、ああなるからな……」

俺の視線の先にある残った腐肉は未だ時折、ぴくんと震えては血の霧を吐き出していた。

赤毛の妹はそれを見ておぞまし気に顔を歪ませた。

「……どうやら……高い熱で……随分、弱まる様だ……運が良かったな」

「運が良い……そうだ、ここには聖女様がいるはずだ！　誰か出てきた⁉　聖女様ならきっと」

俺はなんとか立ち上がり姉とやらが倒れた場所を見て、舌打ちをする。

どうしてアルフ様⁉　放って置けなかったのか。

「……残念だが……ここに……聖女は居ない……」

「貴様！　嘘を吐くなっ‼　ならば教会の暗殺者やロシュグリアの連中が、何故ここにいる⁉」

「……ロシュグリアは知らん……教会が狙っていたのは……聖女に連なる……知るだけの人だ」

「なっ⁉　教会は未だ、その程度のことしか掴んでないのか‼」

「……そんな事より……興奮で気づいていないのか？」

俺の言葉にはっとしたように赤毛の妹は鼻や口元を触る。そして、赤く染まった手のひらを見て、力を失うように膝を着いた。

「……このままでは……お前も、姉も……ここにいる、いやルージュティアの人々すべてが死ぬぞ……もちろん聖女様もな」

赤毛の妹は己の状態を知り、気落ちしたせいか毒のまわり以上に朦朧としていた。

俺より頭一つ分は高い妹だが、跪いた今は俺が見下ろせる、ちょうど良い高さだ。

俺は赤毛の妹に喝を入れるように強く言う。

「おい妹……俺を手伝え……時間が無い」

「……私はお前の妹では……私の名は『エミリア』」

そう消え入りそうに弱弱しく答える妹の唇を……

俺は無理矢理に奪った。

両目が大きく見開かれる。赤毛の妹は何が起こっているのか理解が追い付いていない。

しばらくの間、俺にされるがまま身体を預けていたが……やっと自我を取り戻し、そして……

「……くっ、殺すぞ、貴様！」

俺は力いっぱい突き飛ばされ、屋根の上を転がった……落ちてたら、それこそ殺されてたな。

咬みちぎられた俺の舌の一部が、血に濡れた唇から吐き出される。

赤毛の妹の顔は羞恥と激しい怒りで赤く染まり、相貌は殺さんとばかりに燃え盛る。

「……ああ、殺せ……俺の命……お前にやるよ」

「何を言っている、貴様？　何がしたいのだ？」

「……少しは……マシに……なったか？」

俺は仰向けのままだ。この方が幾分、身体が楽だ。

俺の言葉に自身の復調を気づいた様だ。口元の血を拭い、半信半疑で俺に問う。

「何をした？　私の身体に」

「……俺の血は……毒を抑える……幸いお前はそれ程……侵蝕されていない」

「貴様はそのような事ができるのか!?　ならば皆、助かるのではないのか？」

俺の聞き取り辛い言葉から、答えを導いてくれる。

「……残念だが……まだ未完成……遅らせるだけ」

血清に至るまでには時間がまるで足りない。状況は刻一刻を争う。今をしのぐ応急処置だ。

「……時間無ぃ……力を貸してくれ」

暫しの逡巡の後、ゆっくりと頷いた。

「わかった。私は何をすればいい？」

「……俺の血を……皆に……届ける」

「よし、お前を下に運べばいいのか」

「……もう、遅ぃ……手遅れだ……」

「貴様、姉さんはもう助からないと言うのか!?」

慌てずに最後まで聞いてくれ。好きでたどたどしく話しているわけじゃないんだ。

「……違う……多分もう孤児院外までにも……」

「そ、それではこの街は、聖女様にまで……そんな姉さん……」

「肩を貸せ……早くしろ!!」

俺は狼狽える赤毛の妹を叱りつけ、立ち上がるのを手伝わさせる。厳しいな、もう限界だ。

そして俺は無詠唱で闇魔法を展開した。

「蠱毒壺《ダーククライン》」

孤児院を中心に半径約五百メレルの暗闇が広がる。星の瞬きや、月明りが塗り潰され、夜の帳とは違う異様な空間が現れた。

初級闇魔法『闇霧《ダークミスト》』を独自に発展させた俺の奥の手、闇の結界魔法だ。

「この中では……俺は血液を……自由に操れる」

結界内においては、俺の思うままに『闇霧《ダークミスト》』を操ることができる。つまりは余すことなく、好きなように毒を使用する事ができる。

本来はもっと狭い範囲で使用する。百分の一位。限界の、さらに限界を何枚も踏み抜いたな。

幸い風は無い。これくらい広げられれば十分だろう。

「これを人の力だと言うのか……馬鹿げているぞ」

赤毛の妹の顔は驚きを越えて今は青ざめていた。

赤やら青と表情豊かな妹だな。それにしても、これそんなにスゴイのか？　頑張ったけど。

「……少しだけ……女神に贔屓されてる……のか」

目の付かぬ所で誰かが発症。死に至り、感染が爆発的に広がれば、もう誰も助けられない。


フィアナとキリカ。


俺の『大切なもの』を守る為に、今は関わる『すべて』を守らなければならない。

「さあ……言ったよな……俺の命をやると」

続く言葉を予想し、左右に振られる首と共に赤毛がフルフルと揺れていた。

「俺を殺せ……ただし……ゆっくりな……」

＊
＊
＊

「隊長～！　なんで僕がこっちの世話なんですか⁉　代わってくださいよっ‼」

「いや、お前が一番治癒魔法に長けていて、その放火女が一番重症じゃねえか」

ザックは対象範囲外《ジャンヌ》の介抱に軽口を叩くも、その表情に余裕は見られない。

「助かりました。私が判断を誤ったばかりに、子供達を危険に晒してしまった」

アルフは子供達が倒れた後、即座に駆け付けてくれた二人の男達に頭を下げた。

「子供達に感謝だな。俺は止めたんだが、この馬鹿が勝手に突っ走りやがった」

「子供達は宝です。だから変わってくださいよ！」

症状に多少の差はあれど子供達は皆、抵抗力の弱さゆえ辛そうに呻いていた。

大人達三人共が治癒魔法を使える幸運の中、状況は一切好転する兆しがなかった。

大人達は高い『毒耐性』を持っていたため、今のところ症状を抑えられてはいるが、死の足音は既に傍らに近づいているのを感じ取れていた。

しかし誰も自分達の出血には気を留めない。それほどに子供達の状態は予断を許さなかった。

「何を考えていたかは知らんが、その馬鹿の判断もあながち間違っていなかったかも知れん」

自分達を煽るだけ煽りながら、今は邪気の抜けた顔で苦しむ少女を見てゲイルードは言う。

「そうですね、煙に巻かれただけでこの有様です。燃え尽きる前はどれだけ強い毒を発していたのか。上の少年の姿を見るに、推して知るべしです」

ザックの言葉にアルフは屋根を見上げセツラの姿を探す。エミリアと聞く少女に肩を借り、立ち尽くした姿は肌の見えぬ程に血に濡れ、瀕死の状態である事がここからでも見て取れる。

「ただ煙に乗り、毒が広がってしまった可能性は捨て切れませんが」


その時突然、夜空を暗い闇が覆い、月や星を隠していった。闇はドーム状に壁のように広がり、孤児院だけではなく周辺の家々もかなりの範囲を飲み込んでいった。

三人はそんな異様な光景を呆然と眺めていた。

「こりゃ何だっ!?　あの坊主の魔法なのか？」

「毒が広がらないように、この辺り一帯を封じ込めるつもりなのか？　しかしそんな事をしては中の者は誰も助からない。状況はより悪化する」

「セ、セツラくんっ!?」

アルフはその中心で、少女に剣を突き付けられたセツラを見て思わず叫んだ。

「や、止めさせてください！　誰か彼女を止めてください!!」

「ちぃい、二人が近過ぎる！　俺の技じゃ坊主も巻き込んじまう!!」

何の事情があるのか、どういう状況なのかは分からない。しかしその刃が残り僅かとも思える、少年の命を刈り取ろうとしていたのは一目瞭然だった。

＊　　＊　　＊

「……分かった。より一度に、よりたくさんにか……、滅茶苦茶な注文だな」

「……俺が死ねば術は解除される……一度にできるだけ……お前にはできるはずだ……頼む赤毛の」

「エミリアだ。私は貴公の妹ではない。見るに貴公の方がずっと年下だろう？　貴公、名は？」

エミリアは鞘から抜いた剣を二度、三度と振り、その剣尖を俺に向けた。

「……セツラだ……何の必要が……あるんだ？」

「いや、セツラ……何か言い残す事はあるか？」

俺の映り込んだ瞳には、犠牲となり死に行く者への憐憫が満ちていた。

すでに感染していると思われる人々が何百人、何千人いるかは分からない。だから俺は力尽きるまで、血の霧を泳がせ続ける覚悟だった。命の続く限り。

「……そうか、そうだな……妹達に頼む……」

この悪夢の如き毒を抑えることは俺の『大切なもの』を守ることに繋がる。

キリカが、そしてまだ見ぬ、幼い日のフィアナが、脳裏に浮かんだ。

「……ごめんな……死んでも……また必ず守ると」

「要領を得ないが、分かった。そのまま伝えよう」

エミリアは困惑気味に少し眉をひそめたが、死にゆく者の言葉を尊重し、それ以上は訊かない。

「貴公の命、この七使徒ヴィルジニテ隊、エミリア・ロークスが貰い受ける！　お覚悟を!!」

両足を揃え、刀身に掌《てのひら》を添え顔前に構える。騎士として最大限の礼節が俺に向けられた。

「聖剣アポロニウスよ、我が盟約に基づき、我が現身、偏在することを叶わん！」

数え切れない程の白刃とそれを握った腕先だけが、俺を取囲むように空中に現れた。

「切り刻め、我が難敵を塵芥の如く『朧千手《ドラグーン》』!!」

放たれた言葉と共に光を放つ刀身が竜巻のように俺を中心に回転する。

すべての刃が疾く、薄く、鋭く、俺の皮膚と肉を何度もなぞり続ける。

致命傷に繋がるような血管、神経等は一切合切避けた、見事な太刀筋。

俺の体力を少しでも奪わぬよう、刹那の一合に浴びせられたのは、只の一太刀のみ。

まさに神業だった。

全ての刃は瞬時に消え去り、エミリアは刺突剣《レイピア》をゆっくりと納刀した。

チィィイン……

俺は目を閉じ、その鈴のような心地良い鍔鳴りの音を肌で感じていた。

そして一拍の後、俺とエミリアは血の雲に包まれるように姿を消した。

＊　＊　＊

突如として現れた赤い霧に屋根の上の二人の姿は隠された。

そしてその一部は移動を始め、アルフや子供達を包み込む。

「黒い壁の次は、赤い霧かよ！　うわっ⁉　この味、血じゃねえか⁉」

「臭いでわかるんだろっ⁉　五月蠅《うるさ》い隊長！　ちょっとは黙ってろ‼」

ザックは慎重に抱えていたジャンヌの容態と自らの内部を探っていた。

赤い霧はただ漫然と漂うようで、よく見るとその濃度には差があった。

一番重症であったジャンヌにより濃く纏わりつき、続いて抵抗力の弱かった子供達……そして今なお、かろうじて活動が可能だった大人達という順に……

「――これは体内の毒素が沈静化しているのか？　……まさか結界内の人々の症状を探り、全てに治療を施そうとしているのか⁉　無茶苦茶だ」

アルフはいまだ血の雲に沈み姿の見えないセツラに言葉を噤《つぐ》み、唇を咬んだ。

赤い血は叢雲の如く二人を中心に渦を巻き、周囲に薄い霧を生み続けていた。

霧は薄まりながら拡散を続け、何処とへなく漂い続けている。

「……あれ、私達……園長先生……どうしたの？」

アルフが抱きかかえ治療中だった少女の眼が薄っすらと開いた。

「……リアナ……大丈夫か？」

「……お兄ちゃん……」

少し離れた場所で幼い兄妹が、弱弱しくもお互いを気遣いあっていた。

そこかしこで子供達は、動けはせぬものの意識を取り戻しつつあった。

「リアナ、ライル!!　みんな!!」

アルフは子供達の命と引き換えに失われつつある一つの命に、飲み込んだ言葉を心の中で何度も、何度もつぶやいていた。

（セツラ君、君はこのままでは、また……妹さんと……）

＊　　＊　　＊

「おいっ!!　しっかりしろ!?」

血の叢雲が渦巻く中心で、私は少年《セツラ》を支えるような形で立っていた。

「……大切なもの、守る……フィアナ……キリカ」

譫言《うわごと》のように同じ言葉を何度も繰り返している。

血の霧の中、辛うじて見える互いの姿。少年《セツラ》の瞳にはもうまるで力が感じられない。

小柄な少年の身体とはいえ、弛緩した身体は重い。両手でしっかりと抱きしめていなければ、血塗られた身体は今にも滑り落ちて行きそうだった。

私は寄り添い、耳元で呼びかけ続けることで、少年の意識を留めようと必死だった。

「セツラ!!　もう十分ではないのか!?」

既に十分過ぎる程の血が流れ出し、これ以上ない程に少年の生命は脅かされている。

「クソッ、私はこれ以上どうしたら良いのだ!?」

外から血の雲の中が見えないように、中からも外の状況は伺えなかった。姉ジャンヌの事が心配だった……だが今は同じ位に、この血に濡れた少年の事が気掛かりで仕方なかった。


「……キリカ……フィアナ……」


またただ。朦朧とした意識の中で呟かれる二人の名前。それは、言づてを頼まれた妹達の名前だろうと直ぐに察しがついた。しかし『守る』という言葉とともに延々と繰り返される様は、およそ親愛や兄妹の絆、程度では収まらない情念を感じる。

「何なんだ!? 貴公のような子供が何故そこまで『妹』に情愛を抱ける!? 私とて、姉さんはこの身に代えることも憚らない程に大切だが、貴公のは度し難いぞ!!」

「……ぐっ……」

「す、すまない」

無意識に両腕に力が入っていた。私は慌てて抱擁を緩めた。

外の状況は分からない。だが、もう十分だと思えた、思いたかった。

私はもう手遅れなのかも知れないが、少年《セツラ》に死んで欲しくないと思っていた。

しかし少年《セツラ》は止まらない。答えとは言えない言葉が繰り返されるだけだった。

「……守る」

「何を守るのだ、ここに貴公の妹は居らぬのだろう？　貴公は一体何を守ろうとしているのだ⁉」

私は苛立ちを隠せずに叫ぶ。その心奥からの問いかけに、セツラは初めて違う反応を示す。

「……約束……誓い……大切なもの……」

いよいよ今際を感じさせるような微笑みを浮かべる。

「……フィアナ……キリカ……守る……」

そして、また繰り返しだ。もういい……

「止めろ……そんなに……」

なんだこれは。私は悔しいのか？　悲しいのか？　寂しいのか？

「そんなに妹達が大切なら、もっと他にやりようがあったのではないか‼」

私の眦《まなじり》からは涙が溢れだし、もう留めることはできなかった。

血化粧を洗い流すそれを、私は拭うこともせずに畳みかける。

「すべてを守る、自身を犠牲にしてまでそこまでする必要があったのか？　親しき者だけ守ることはできなかったのか？　いや、たとえ妹達だけしか守れずとも誰がお前を責めよう⁉」

私は腕の中の幼稚で傲岸不遜な少年に思いをぶちまけた。

そして何故だか言いたくもない一言が自然と口をついた。

「……それに貴公がここで死ねば、これから誰がその妹達を守るのだ？」

「……守る……生まれ変わってでも……何度でも」

返ってきた答え。それはもはや死にゆくものの戯言としか取れなかった。

私にはもう次に告げるべき言葉はなかった。


「ならば貴公は死ね……誰からも守られずに」


落ちゆく感情のままに呪いのような一言を放った。そして言葉とは裏腹に、ただただ両腕に力を込め、私の中で少年の命を少しでも留めようとしていた。

小さい身体、細い肩、まだあどけなさの残る顔。

私の胸にその全てを預ける少年の身体から、命が駆け足で失われていく……

背中越しに剣を突き付けて、まだ半刻も経っていないだろう。

心の中に沸き立つ愚かしい感情に私は恥じらいを感じながらも、否定することを止めていた。


「……ィアナ……キリ……」

ああそうだ嫉妬だ。私はこの少年に、まだ一度も名前を呼んで貰えていない。

無論このような一方的な、ひとときのつながりで図々しいことは百も承知だ。


「……まもる……」

くそ、くそ、何だもう、何もわからない……涙と一緒に零《こぼ》れ落ちる感情に私は喚《わめ》き散らす。

（フィアナだろうが、キリカだろうが、聖女だろうが、女神だろうが……誰でもいい、誰でもいいから、この愚か者を守ってくれ!!　救ってくれ!!　頼む…………お願い……します……）

「————うぁあい……します……」

嗚咽が混りすぎたそれは、もう言葉には聞こえず、誰にも届いていないだろう。

私は目を閉じ、少年《セツラ》の体温を感じようと必死になっていた。

そしてセツラの身体がいつの間にか、仄かな光に包まれ始めたことに気づいてはいなかった。

*　　　*　　　*

「何、これ!?」

「これは……お兄様の」

二人の少女、いや少年の姿をしたフィアナとキリカは、巨大な黒い壁を前に立ち竦《すく》んでいた。

半球上の黒い壁は街の一角を完全に覆い隠してしまっている。

街の住人達も異変に気付き、黒い壁の前で遠巻きに騒めきあっていた。

二人の目的地はその真ん中辺り。この異状がそこで起こっている可能性は高いと思われた。

(これはお兄様の蟲毒壺《ダークプライン》？　でも、いくらなんでも、この規模は)

キリカの表情に今までにないほどの焦りが浮かぶ。

兄の奥の手はもちろん知っている。しかしこの大きさは出鱈目だ。あり得ない。

この中で、兄の身に尋常ならぬ何かが起こっていると、キリカは推測していた。

「ちょっ!?　危ないよキリカちゃん！　触っちゃ駄目だ!!」

キリカは黒い壁に片手を翳《かざ》し、そのまま押すように壁の中に手を入れる。

そしてそのまま前へ進み、黒い空間に沈むように消えていった。

「ま、待って！　キリカひゃん!?　なんで!?」

フィアナも続いて壁の中へ入ろうとしては壁に弾かれ、その場で尻もちを付く。

結界内へと入ることが許された時点で、これが兄のモノであることは確定した。

侵入と同時にキリカは疾風のように駆け出す。

ここにきてキリカの焦りはすでに、怯えと焦燥に変わりつつあった。

結界内に微かに漂う、兄の血の匂い。

生まれでてより今まで、傍らで感じ続けたそれを間違うはずがない。

それが進む程に濃くなってゆくのだ。

眼前の光景はキリカの最悪の想像を裏付けるように凄惨なものへと変わってゆく。

跡形もなく破壊された孤児院の門前には、暗殺者と思われる焼け焦げた死体、いや原型を留めず、焦げた肉の臭いとしか言い様はない。

キリカは地を這うように走り抜け孤児院へと一切の躊躇なく入る。

いつの間にか両手には、煤けた短剣が二本。逆手に握られていた。

一歩、そしてまた一歩進むたびに、キリカの速度は戸惑うように落ちていった。

そして足を止める。それ以上は進むことができなかった。


「…………お兄様を返せ」

そのつぶやきが誰に向けられたものか……今はまだ知る者はいない。

＊　＊　＊

意識が深い闇の中に落ちて行った。俺はまた死ぬんだ。そう思った。

俺の身体へと呼びかける声を感じる。だけどもう外の世界の出来事に思われた。

ゆっくりと沈んでゆく中いくつかの淡い光が俺に吸い寄せられるように近づく。

俺はこの光を知っている。

今日まで俺を守り続けてくれた……砕け散った聖寵《固有スキル》『女神の封印』その欠片だ。

光の一つが俺にくっつく？　と同時に激しい明滅を繰り返し始めた。

俺は弱弱しく苦笑いをしながら、俺を非難するかのようなその光に話しかけた。

「ごめんな。せっかく今まで守ってくれてたのに。また俺には『守る力』が足りなかった」


そしたら、心の中に罵倒が飛んできた。


『こ、の、愚か者ー！　違うだろーっ!!』

「は、はいぃ!?　も、もしかして、女神様!?」

『そうだよ！　お役御免で消えるはずだった、女神の封印の欠片だよ!!　まさか、君が間も開けずに落っこちてくるなんて夢にも思わなかったよ、もー!!』

「ご、ごめんなさい、また死んじゃいました？」

『だ、か、ら、違うだろっ！　謝る相手がっ!!』

「だけど死んでしまったから謝ろうにも……あ、もう一回？　生まれかわったり……とか？」

『君、全然、反省ないな。もう死んぢゃえば？』

「えっ!?　て、ことは？」

『死にかけ。時間の問題』

「女神様お願いだ。何でもする、助けてください！『大切なもの』を、妹達は俺が守るんだ」

『君さあ……何でもするんなら、どうして生きてるときに何でもしないの？　死にたくないんなら、どうして死ぬようなことを選ぶの？』

「それは、あの時にはあの方法しか思いつかなくて……俺の命ひとつで、フィアナが、キリカが、皆が助かるんならって」

『命を天秤にかけるな愚か者。そんなじゃあ、君は毒ばら撒いた男と全然、変わんないよ？』

「俺だって、もっと良い方法があればそんな選択」

『命は選択するもんじゃない。生きて生きて、それで死んじゃっても仕方ないよ。運命だよ』

「そんなの間違ってる。間違ってるから女神様は俺を生まれ変わらせたんじゃないか？　間違った運命から、大切なものを守れる力をつけろって!?」

『はあ、どうしてこんなに拗らせちゃったんだろう？　……これは私が悪いのか。ごめんね』

心の中でのやり取り。女神様の本当に申し訳なさそうな感情が直に伝わってくる。

『ほったらかしすぎだったね。不安だったよね』

こんどは優しく抱きしめられているような感覚。

『よく頑張った……でもね、運命なんて、そんな目に見えないものと力比べしてどうするの』

「でも俺は『大切なもの』を守るって……妹達を守るって約束したんだ」

『誰と？』

俺は返す言葉が無かった。そんな俺に女神様は優しい追い打ちをかける。

『ずっと……君を待ち続けている子がいる。いつも君を気遣っている子がいる。君のために、いま泣いてくれている子がいる』

フィアナとキリカ、えっと最後の誰だ？

『君はそんな子達に言うの？　大切な君達を守る為に俺は死にました。約束破ってごめんって』

「……そんなこと……俺は……」

『そう誰も、そんなこと望んでない。もうわかったよね？』

「……命を粗末にして、心配かけて、ごめんなさい」

『よくできました。みんなにもちゃんと謝るんだよ』

「それじゃあ……」

『少しは残される方の気持ちを知りなさい。これからの事は、ちょっとした君への罰だよ』

俺に集まっていた光が少しづつ強くなってゆく。眩い光が俺の意識を包み込みはじめる。

ここでのひとときが終わりを告げようとしていた。

『あのね、いち女子としては「お前のことは俺が守る！」って、好きだよ』

「あの、女神様、それって矛盾して……」

『うん、間違ってるよ。君のことだって好きだから、えこ贔屓してるんだもの。私だって間違いまみれだよ……だから、もっと肩の力抜いて、ねっ‼』

「女神様。……はい」

『いつか私にも言って欲しいな！「リリィエルのことは俺が守る‼」って』

おそらく今、俺の顔面は真っ赤だろう（いや血まみれって意味じゃない）。

『でも「大切なものを守る為に、今はすべてを守る‼」って、あれは、無ぃ……うん、無いわ』

もう許して欲しい。これも罰なのか？　女神様の悪戯っぽく笑った顔が見える……気がする。

「クスッ！　さようなら……またね」

そして女神様《リリイエル》は初めて会ったときと同じように言い、俺の中へと消えていった。

眩い光に包まれた俺の意識はゆっくりと闇の中を浮かび上がって行く。

ふと気が付くと、俺の中に十年間ともにあった聖寵《固有スキル》が返ってきていた。

『女神の封印：ＥＸ』見たことのない能力値《ランク》を宿して。

＊　　＊　　＊

「だ、誰か、誰か助けて……お願い……」

泣きそうに、死にそうに、絞り出されたその声は誰にも届かぬ程に、か細かった。

「お、お前、エミリアだよな？」

泣き腫らしたと思われる目元には、まだなお涙を貯めている。

白銀だった鎧は髪と同色の鮮血に染まり、見る影もなかった。

先ほど対峙したばかりの表情に乏しい冷徹に見えた少女と、とても同一人物には見えない。

「セツラを助けて……」

そして、よろよろと一人の少年を抱きかかえながら近づいてきた。

それは血だるま。そうとしか表現しようがなかった。目に映るところ全てが切り刻まれ、血塗られて肌の色が殆ど見えない。一目で既に死んでいるようにしか見えなかった。

「お、おい、そいつはもう……ん？　なんだ⁉」

ゲイルードが、その死体と思える少年の姿を見て疑念の声を上げた。

少年の身体は淡く光っていた。

近づかぬとわからない程だが、全身が白い光の膜のようなもので覆われていた。

その表面は大小様々な光の粒子が絶えず流動しており、それらは形容し難い色彩の明滅光を放っていた。そして互いが干渉し合い、白い光を生み出している。筆舌に尽くしがたい光景だった。

その異状に気付いた男達が一様にエミリアの周りで動き出した。

アルフがセツラの身体を慎重に受け取り、地面に横たわらせた。

セツラを手渡した少女はその場にへたり込み、自らの無力を呪うように俯いたままだった。

「何があったんだ、こいつは何者だ？」

「この少年はセツラ……名前しか知らない……姉さんの、私達の命の恩人だ」

「ではやはり、さきほどの血の霧、それにこの闇魔法の結界はこの少年が？」

「……ああ……だから……まだ、生きてる……生きてるはずなんだ……」

空にはまだ闇の壁が広がっていた。そしてそれは行使する術者ありきの、もののはず。

アルフはセツラの胸に頭を当て、心音を確認する。

「心臓の音が聞こえない」

すでに命の灯は消えていると思えた。この世界には死者を蘇生する魔法は存在しない。

しかしアルフは絶え間なく治癒魔法を掛け続けた。

「すみません!!　お願いします!!」

アルフの叫び声に近い程の急を要した訴えはザックに向けられていた。

ザックはアルフとともに治癒魔法を掛けるも、すぐに違和感に気づく。

「これは……効かない……と言うよりは弾かれてしまっている」

「ええ、セツラ君のこの様子。彼の身に何が……」

「隊長……」

ザックはゲイルードを真剣な眼差しで見据え、何かを問うようだった。

ゲイルードは少し考えるも、頷き返す。同じ考えに至ったと思われた。

もしこれが二人の考えるモノであるとするならば、これはこの場の者、いやこの世の誰にも手を出せる代物ではないと言えた。


その時だった、極寒とも思える程の冷たさを纏った殺気が周囲を支配した。

「「「!?」」」

そして放たれた殺気の中心に、俯いた少女が立っていた。

だらりと垂らされた両手に握られた短剣は、ゆらゆらと、何かを逡巡している様相だった。

「…………お兄様を返せ」

「…………お兄様を返せ」

「…………お兄様を返せ」

呪言のように繰り返される言葉は小さく、誰にも届かない。

少女の耳は百メレル先の衣擦れの音すら判別する。そして少女の耳には届いてこなかった。

いつも心穏やかに聞いている。兄の命の音が……トクリとも。

ほんの少し歩みを進めた先に横たわる、兄の形をしたそれを少女は認めることができない。

そこにあるべきはずの愛しい人の気配がまったく感じられない。

どんなに気配を消そうとも……自分には無意味だったのに。

「…………お兄様を返せ」

少女は自分の間違いであると信じて、何度も『死』そのものに命令するかのように呟いていた。

そして、ついにその恐れていた時が訪れる。

闇の壁が薄れていった。月が、星が夜空に戻る。

それは行使した者が術を解除した……あるいは……

少女はゆっくりと顔を上げた。

幼い少女の白い顔には感情と言うものが一切抜け落ちていた。

大きく開かれた眼差しは血走り、紅玉の瞳と相まって二つの血溜まりのようだった。

唇から流れ落ちる血が口角から顎に至って筋を成し、狂った操り人形のような相貌だった。

一歩踏み出してはよろけ、次の一歩でバランスを取る。

意識と身体が、ちぐはぐなようにふらり、ふらりとゆっくりと近づいてくる。

そして、カクンと顎が落ちるかのように開かれた口から、先ほどまでと同じ言葉がそこにいる全ての者達に、静かに吐きかけられた。


「…………お兄様を返せ」

兄《セツラ》の最も望まぬ狂宴がここに開かれようとしていた。


「やべぇぞ、ありゃ街で会ったときと別もんだ」

「ええ、痛ましい……とても、見てられません」

ゲイルードは剣の柄に手をやり、腰だめに構える。

「この鈍《なまく》らで抑えきれるか？」

二人は捜索任務中であり、街中で目立つことを避け、通常の装備より数段劣る軽装だった。

「ゲイルードさん！　彼女はきっと誤解をしているだけです。何とか説得できませんか!?」

少女は確かに『お兄様』と言った。セツラの現在の妹ならば、ここでセツラが何を成したのかを、そしてセツラの今の状態を正しく伝えることができればとアルフは思った。

「いや、無理じゃねぇかな……とても、話ができる状態に見えん」

少女の表情は、すでに理性を手放したように見えた。

「それに俺、さっき問答無用で切り付けて、殺しかけてるし……」

アルフは信じられないといった表情で、ゲイルードとザックを交互に見る。

ザックは申しわけなさそうに目を逸らした。

そして、少女はスンと一つ鼻を鳴らすと、面白くなさそうに視線を止めた。視線の先にいたのは、赤い髪に、血で染まった赤い鎧を付けた少女だった。

「……おまえか」

小さく少女は呟いた。

そして同時にその姿が消えた。

――ギィイイイイン

刹那、鈍い音が辺り一帯に響き渡った。

二人の少女が剣を重ねて対峙していた。

エミリアの構えた剣を挟む形で、交差した二本の短剣は止められていた。

その一撃は、そこに剣が無ければ……いや受け止めた剣が聖剣でなければ、既にエミリアの頭部は地面に転がっていたであろうと思える程の必殺の一撃。

キリカの眼が訝し気に少し細められる。

キリカの技はとてもシンプルなものだ。気配の遮断と誘導、そして速度《スピード》。極限まで磨き上げられた、それらの組み合わせは誰にも、その対象にすら気付かれずに命を刈り取る。

暗殺者の系譜の血を最も濃く受け継いだと言われる少女。その凶手としての真骨頂だった。

その本気は初見で躱《かわ》される類のものではない。

同様の戦い方を得手とするエミリアでなければ反応すらできなかったであろう。

エミリアは先ほどまでの満身創痍の呆けた状態から抜け、打って変わった強い意志を留める表情でキリカと対峙していた。

「貴方は『キリカ嬢』か、それとも『フィアナ嬢』か!?」

エミリアの口から出たその名にアルフとプルーデンス隊の二人が、それぞれの反応を示す。

エミリアはまさか自らの探し人の名を口にしているとは、思いもしていなかっただろう。

「……フィアナ?」

先ほどまで共にいた、聖女《フィアナ》の名がどうして私とともに？　キリカは思わずその名を呟く。

「そっ、そうか、ならば貴方はフィアナ嬢か!?」

「おっ、おいその娘は……」

「貴方の兄、セツラから言づてを預かっている」

「フィアナ？　私へ？　兄？」

「ああ、妹達へ『ごめんな、死んでも、また必ず守る』……と」

「妹……たち？」

キリカは兄の仇を前に混乱していた。

戯言？　いやおそらくは『兄の秘密』に関わることであろうが、点と点が一切繋がらない。

「セツラの命は確かに私がもらい受けた。この剣で……」

そう言ってエミリアは、セツラの血の匂いが最も濃くこびり付いた剣を鞘に納めた。

「キリカ嬢には貴方から伝えてくれ」

そしてエミリアの眼は閉じられた。

「……どういうつもり」

「笑えばいい。初めて人を好きになり、そして失った。殉じるのも悪くないと思えただけだ」

エミリアは黒い壁の消えた夜空を見て悲しげに微笑んだ。

キリカはここにきて表情を少し戻し、憎々しげに言う。

「……そう。その話はあとでお兄様を交えて、じっくりとさせてもらう」

そして躊躇なく重ねた刃を首元に這わせ、力を込めようとしたその時だった。


「止めなさい！　キリカさん!!　セツラ君は死んではいない!!」

アルフの叫び声にキリカの手が止まる。首の皮一枚が薄く切られ、つつと血が流れ落ちる。

賭けだった。先ほどまでの状態の少女にはとても無理だと思えた。しかし、エミリアとの邂逅で少し、ほんの少しだが理性と感情を取り戻した今なら、少女に声が届くのではないかと。

「えっ、キリカ嬢!?」

エミリアは目を見開き、ふいに周りを見渡す。何故だか大人達の視線にばつの悪さを感じた。

「嘘を吐くな。お兄様はもうここには居ない」

「嘘じゃありません!! まだここに居ます!!」

「……お前は誰だ？ いい加減なことを言って、お兄様を穢すものは許さない……殺す」

キリカは男が誰であるか知っていた。

しかし兄との関わりはどれだけ調べても不明。ついぞ知り得てはいなかった。

「私の名前はアルフ。セツラ君の友……そう、古くからの友達です」

「……お兄様の……友」

キリカはことさら驚いた。兄を友と呼ぶ人も、友と呼ばれる人も、今まで一人もいなかった。

「はい。私の友が最も大切にする妹さんに無用の罪なんて犯させたくはありません……信じてください！ セツラ君は死んでいない!!」

「……でも………でも……もう、お兄様の命の音は、とっくに途絶えている……」

キリカが身をやつし、その生をギリギリで支えていたモノ《復讐心》がボロボロと崩れてゆく。

アルフは気づいていた。キリカが常にそこから目を逸らし続けていることを。

そしてやさしくも厳しい眼差しで、キリカにゆっくりと言った。

「キリカさん、良く見るんです。そして今できることをすべきです」

キリカは恐々と顔を向け、視界の端にあったソレに目を向ける。

「……お……おにいさまぁ……」

一歩また一歩、足がもつれ転びそうになりながら、少女は兄の元へと駆けつけようとする。

目に映ったのは全身を切り刻まれ、血まみれの……心に残す兄の勇壮さは見る影も無い姿。

……痛かっただろう……苦しかっただろう。兄は絶対に望まぬだろうが、自分に代わることができるのなら、いますぐにでも代わりたかった。

確かに兄はここに居た。

何故、私はいままで、こんな状態の兄を放っておけたのか……早く、早くお兄様の傍へ……私の居場所。キリカにとって瞬きの距離が何故だかひどく遠かった。

そして、やっとのことで兄へ辿り着き、転ぶようにして傷ついたその身体に縋りつく。

兄の顔に浮かぶ何故だか安らかな、優し気な表情を見て、堰を切ったように慟哭した。


「うぁあああぁん、おに……おにいさまぁぁあああああぁ!!」


傍らで治癒魔法をかけ続けていたザックが、アルフに戸惑いながら問いかけた。

「アルフさん、闇魔法の結界も解けた。彼の傷は塞がらず、心臓音もしない……」

その先は言葉にしなかった。謎の淡い光に包まれているとはいえ、治癒魔法を弾き続けるソレが少年の命を繋ぐ何かとは思い難かった。

その場にいる誰しもが、アルフの言葉に賛同することなどできなかった。

しかしアルフはその空気を薙ぎ払うように強く、されど静かに言い放つ。

「セツラ君の魂はまだここにいる。私を信じてください」

アルフは十年前のあの出来事以来、誰にも話すことのなかった己の能力をこの場で語った。

「私の聖寵《固有スキル》『魂の稟輪《ひんりん》』はその者の魂の在り方を知る事ができる」

彼はこの力がいかに心暗い者にとって危険視されるか、あの後、死の際に立ち、知る事となる。

その聖寵《固有スキル》をこの場で語る。

それはこの場に居る者を信頼、そして自らの言葉を信頼してもらうためだった。

「死した者の魂は、色を、輝きを失い消えてゆく……私はそれを見続けてきた」

キリカはずっと冷たいセツラの胸に顔を埋めて泣いていた。

「セツラ君の魂は……キリカさん、貴方の傍で今もなお白く光り輝いています」

アルフの言葉に、キリカは涙でくしゃくしゃになった顔を上げ、問いかけた。

「……お……お兄ちゃんは……本当に……生きて……る？」

もう狂相は消え、いつもの……いや隙だらけで年相応の少女の表情だった。

「彼は信じられないくらいに強い。そして必ず約束を守ります。きっとまた」

「約束。私達を守る。死んでも、また……約束」

約束という言葉を繰り返し、そのたびに瞳に力が戻ってゆく。

兄を思う強い少女の姿を見て、アルフは微笑みながら続けた。

「フィアナさんを探しましょう。この街にいるはずだとセツラ君は言っていました。聖女様の祈りならきっと、セツラ君にも届くはずです」

アルフの一言で使徒達の間に緊張が走る。

「……フィアナさんなら」

エミリアの言った言葉が思い返される。兄はなぜ妹達と呼んだのか。間違いか、それとも？

いや、今は馬鹿な想像に時間を費やすときではない。

「フィ、フィアナだと!?　セツラの妹君が私達の聖女様なのか!?」

エミリアは動揺を隠せずに、プルーデンス隊の二人に詰め寄る。

「アルフさん、アンタ何をどこまで知っている？」

ゲイルードはそんなエミリアを無視して、アルフに問いかけた
「私が知っているのは十年前のフィアナさん。そして、その魂の在り方だけです」

「この孤児院での騒ぎはそういうことなのか？」

「ああ、セツラも確かに言っていた。ここに居るのは聖女様を知るだけの人だと。そういえば何故、お前たちロシュグリアが!?」

「ちっ、俺達も探してたんだよ。たまたま、ここの騒ぎに呼び寄せられただけだ……お前らこそ、どうしてここに居んだよ!?」

「私達は『聖女は孤児院に』とだけ書かれた手紙が宿に届けられた。もちろん罠の可能性も考えて慎重に慎重を重ねた行動をだな」

「それで教会の暗殺者と鉢合わせて皆殺しかよ。おまえら頭おかしいの？　クソッ！　どこかの誰かが、絵図を描いてやがんな!!」

「そんなことよりフィアナ様だ。聖女様ならセツラを助けられるんだろう!?」

「いや、お前は知らないだろうが、これは多分そんな簡単なもんじゃねえ……」

「貴様、臆測で事を語るなよ。それにセツラが助からなければ我々は死ぬぞ」

そしてエミリアは何かを思い出したかのように顔を赤らめ、ドモりながら続けた。

「わ、わわ、私達の今の状態はセツラの血液抗体で進行を遅らせているに過ぎない……ふふ」

やはり彼女とは後で兄を交え、じっくりと話す必要がある。そう、キリカの直感は告げる。

「お、お前、そう言うことは早く言えよ！　くそっ！　体調がまた悪くなってきやがった」

「気付いてないのは隊長くらいですよ。何にしても事が事だけに、我々は無力だ。フィアナ様……いや、セレスティア様にお越し頂く必要があるかも知れません」

公然の立場の聖女とはいえ、世界の命運を担う彼女達は常に秘匿され、気安い存在ではない。

しかし現況はそこまでひっ迫していると思えた。

「時間がありません！　問答はこれくらいで、フィアナさんを探しましょう!!」

「あ、あの……アルフ様……」

キリカがアルフの袖を引き、戸惑いながらその方向にアルフの気を引いた。

そう彼女とは二人の秘密だと約束をしていた。

だがこのような状況に、どうしたものかと迷っていた。

アルフは近づいてくる少年の姿に眼球が零《こぼ》れんばかりに目を見開いて驚く。


「え、えええええ!? どうして!? ど、どうして!? なっ、えっ、誰!?」


そして、少年は真剣な面持ちで大人達の前に立つと、凛とした声で尋ねた。

「ゲイルさん、ザックさん、一体どういう状況ですか？ 私に手伝えることはありますか!?」

「あん？ 誰だお前？ なんか聞いたことあるような気がする声だが……」

「あっ……」

ゲイルードは突然現れ、自分達を知るかのように振舞う少年に不審の眼を向けた。

「そんな、ラエル君!! 何故、君がここに……生きていたのか!?」

衝撃のあまり色々と辻褄の合わない事は、アルフの頭の中から追いやられていた。

「えっ？ ラエル？ お兄ちゃん、嘘、どこっ!? あっ！ 私のことか!! えと……貴方は、ん、んん？ んんん!? そうだ、あの時の司祭様！ どうしてここに!?」

キョロキョロと兄を探し、今は自分が兄の姿である事を思い出す。もう遅かった。

ザックがジト目で引導を渡すように言う。

「もしかして……フィアナ様ですか？」

三者三様の視線を向けられ、フィアナは逃げるように視線を泳がせた。

そして見失い、探していた少女《キリカ》をアルフの後ろに見つける。

「あ、キリカちゃんみっけ！　その人がお兄……だっ！　大丈夫なの!?」

慌てて駆け付けたフィアナが、瀕死のセツラ《兄》の手を取り言葉を飲み込む。

「これは……そんな、まさか……」

「……やはり、そうですか」

「だな見間違えようがねえ」

フィアナとプルーデンス隊の二人との間で、歯に何か挟まったようなやり取りがなされる。

そのやり取りに今、兄が何かしらの禁忌に触れている事が理解できた。

しかしキリカにとってそんな事はどうでも良かった。ただ目に映る、痛々しい兄の姿を見るたびに涙がとめどなく溢れた。

「お願いします……お兄様を助けてください……」

「大丈夫だよ、キリカちゃん。私がなんとかする。だから、もう泣かないで!!」

縋るキリカにフィアナの優しい笑顔が向けられる。

しかしその眼差しは熱を帯び、何かしらの強い決心が見てとれた。

「おっ、おい、嬢ちゃん!?」

「フィアナ様、絶対駄目です。それは許されない、聖女として」

「フィアナじゃない……聖女でもないし」

フィアナは目を泳がしながらつぶやいた。確かにまだ聖女ではないが。往生際が悪かった。

「フィアナ様がご助力くださるのに何の問題がある!? 何をグダグダと埒《らち》の明かぬことを言っているのだ貴様らは!!」

「えっと、貴方は？」

「は、はい！ 私の名はエミリア・ロークス。貴方様にお仕えするべく参じたヴィルジニテ隊副隊長を姉ジャンヌと共に申し付かっております」

「そっか、よろしくね!!」

「この身に余る、勿体ないお言葉」

「じゃあ、早速手伝って。あの意地悪なおじさん達をこっちに近づけないでね！」

「かしこまりました。この身に代えましても」

エミリアは剣の柄に手を掛け、油断なく二人を睨《ね》め付ける。

「馬鹿が!! お前も、もう想像ついているんだろうが!?」

「何の事だ？ くだらぬ不文律より、そのご意志をお守りするのが我らの本分だ」

「聖女じゃないと本人も言ってることですし、押して通らせてもらいますよ」

エミリアの殺気に近い気構えにゲイルードとザックも剣に手をやろうとした、その時だった。

「いい加減にしてくださいっ!!」

一触即発の使徒達にアルフの声が割って入った。

「貴方達に秘匿すべき何かがあることは分かります。けれどそれが、セツラくんの治療と何の関わりがあると言うのです!? しかも、このままでは街中が危険に晒されるかも知れないというのに!!」

「アルフさん、こっちは世界の命運に関わるんだよ……それに見殺しにするなんて誰も言ってねえ。ただな順番があるってこった。色呆けて頭に血が上った女子供《こいつら》には、そんなことも理解できねえみたいだがな」

エミリアの表情に微かにに怒気が加わる。

「なおのこと、この場は譲れぬな。くだらぬ大人達《きさまら》のくだらぬ思惑の中へ、今のセツラを引き渡す事などできん」

セツラの頭を胸に抱いたキリカの腕に力がこもる。

自分もフィアナの邪魔をしようとする二人の男達を止めるべく、戦いに身を投じなければと思う反面、もう少し足りとも、兄のそばを離れることは考えられない。

そんなやり取りの中、フィアナは黙々と治癒魔法を試し続けていた。

「やっぱり『再生《リジェネレーション》』でもダメか……」

光系の上級魔法すらセツラには届かない。セツラを包む、明滅しながら循環する光の粒子に全て弾かれていた。

曇るフィアナの表情を見て、キリカの眼にまた涙が溜まってゆく。

そんなキリカの頬にフィアナはそっと触れ、少し悲し気に言った。

「私のお兄ちゃんはね、私が泣くことが一番嫌いだったんだ……だからどんな時でも強がって『大丈夫』って私に言ってくれた……それこそ死にそうな時でもね」

「フィアナさん……」

「キリカちゃんのお兄さんも同じだと思う、ううん絶対にそう……だって、キリカちゃんのお兄さんへの気持ち私と同じだもん……だからもう泣いちゃダメ!!」

そして覚悟を決めたように目を瞑り、聞いたことのない言葉がその口から紡がれた。


「ஓன・றாக《私はともにある》」


「嬢ちゃんマジかよ!?　そいつは任せたぞ!!」

言い終わるまでもなく、ザックの刃は既にエミリアと重なり合っていた。

エミリアは傍らを走り抜けようとするゲイルードを阻止しようと『縮地《ブリンク》』を試みるも、移動先を隠すように振られるザックの剣に、ことごとく意識を乱され発動することができない。

「させると思いますか？」

「クソ！　フィアナ様!!」

その時、ゲイルードの前に立ち塞がり行く手を阻むものが一人……アルフだった。

「どけ、アンタは関係ない！　もう出る幕じゃねえんだよ!!」

「――――『女神の結界』……違いますか？」

俯いた顔から表情は読み取れない。その問いは己の迷いを断つ為に放たれたように思えた。

「セツラくんを包み込む光の奔流、あれはアルヴェリア大陸……世界を守り続ける聖女とその使徒、教会の上層部しか知り得ない『女神の結界』それと同じものなんでしょう？」

フィアナの行動と使徒達の焦り、十分に辿り着きうる答えと言えた……しかし……

「今、あえてそれを口にする意味わかっているんだろうな」

「ええ、これでもう私も無関係ではない。貴方達、使徒の粛清対象でしょう？」

アルフは顔を上げた。そこには死に向かうものの悲壮さは欠片もなく、覚悟を決めたものの清々しい笑顔だけがあった。

「アルフさん、アンタみたいな人を。残念だよ」

ゲイルードの表情から感情は消え失せ、鞘から引き抜かれた刃が無機質に光った。

アルフも基本に忠実な、騎士のような抜剣をすると気遅れすることなく対峙した。

「もとよりこの身は女神様の教えより違えた身……今は己の信じる道に捧げます」

この世界の最高戦力と称される『聖女の七使徒』。

その隊長格を相手に抗うことなどできるはずもない。

今取り交わされるこのやり取り。ほんの少しの時間稼ぎの為にアルフはその身を盾とする。

ふと兄妹を見る。そこには兄とそれを兄とは知らぬ兄の姿をした妹がならんでいた。

「はは……これも女神様のお導きか……ははは……違うな、いくら何でも……」

十年前、悲しい運命に引き裂かれた兄妹は、今ここにおかしな再会を果たしていた。

だけどそれはアルフ以外は誰も、本人達すら気づいていない、かりそめの邂逅。

あの日のように兄妹たちが笑い合う……本当の再会の日の為にアルフは自らの命を賭した。


「ஒன்றாக《私はともにある》」

フィアナの口から紡がれる見知らぬ言葉は心地よい旋律で、歌うようにキリカの耳に届く。

キリカは兄《セツラ》と同じ光に包まれるフィアナを見て、沸き上がる複雑な感情に心を揺らす。

そして光の奔流が強まると共に、仮初めの少年《ラエル》の姿は剥がれ、聖女然とした清廉で美しい少女がそこに現れる。キリカは兄を抱く小さな胸に、何かが鈍く刺さるような気がした。

(ごめんなさい……私はどうして、こんな……)

キリカは状況をわきまえぬ己の下卑た想いに、心の中で謝罪を繰り返していた。

兄に、フィアナに……今、兄の為に自らの命を燃やそうとしている、兄の友を称する人に。


ただの一合だった。


振り上げられた腕が無造作に振り下ろされる。それだけだった。

剣を一度も交えることなく、アルフはその場に崩れ落ちていた。

まったく剣の届かぬはずの間合いからの一撃。

アルフの知り得ない次元の技は、いとも容易くその覚悟を微塵に砕いていた。

肩口から身体を襲った衝撃が、アルフを無理矢理に跪かせた。そして、斬撃は胸部へと連なり斜めに腹部を抜け、切り裂かれた衣服からは勢い良く血しぶきが撒き散らされていた。

アルフを見下ろす冷たい眼差しには、もう先ほどまでの人懐っこさは微塵も無い。

アルフは心折られる事なく、ゲイルードを睨みつけては挑発するように言い放つ。

ほんの少しでも、立ち合いを長引かせる為に。

「思った通り大概お人好しのようですね……」

「……まあな、言いたいことはそれだけか？」

ゲイルードはゆっくりと歩を進め、また、ゆっくりと剣を振り上げた。

次は直接の間合い。振り下ろされれば、その剛剣は確実にアルフの身体を両断するだろう。

(十分です。ありがとうございました。私の戯言にお付き合い頂いて……)

アルフは目を閉じて己の最期を待った。

思った通り、その瞬間はゆっくりと時間を掛けられ……

否、いつまでたっても訪れなかった。

「助けてくれ、ザック」

驚いたアルフは目を見開いて、己の命運を確認する。

ゲイルードは剣を天に向けた構えのまま、顔を歪めて固まっていた。

ゲイルードの様相はもう本来のものに戻り、命のやり取りをしていたはずのアルフにまで助けを求めるような視線を送る。

まだ立つことも容易ならぬ子供達が数人、アルフを庇うような形で二人の間に立っていた。

皆、身体を震わせながらも、湛えた涙を流すのを我慢していた。への字口で自分達の大切な人に危害を加えた男を睨みつけている。

「お、お兄ちゃんは、私達を助けてくれたのに……園長先生まで」

我慢できなくなった涙を伴って、か細い声でリアナは目の前の大男を責め立てた。

ライルが決死の妹を守ろうと両手を広げ、さらに前に出ようとする。

「剣を降ろせ!! 子供達にそんなモノを向けるな、この恥知らずが!!」

子供たちを退かすようにエミリアとその剣が割り込む。

さらに背後に嫌な気配を感じる。背中に仲間のはずの白刃が突き付けられていた。

「あのまま少しでも動いていたら私が隊長を切ってましたよ?」

「……もう、好きにしてくれ……」

ゲイルードは剣を収め、両手を上げ降参のポーズを取った。ほんの少しだけ涙目だった。

*　　　*　　　*

「なんと美しく、神々しい……あれがフィアナ様、本来のお姿」

エミリアは偽装の魔法が解けたフィアナの姿に魅入られていた。

ジャンヌと子供達は建物内へと運ばれ、残った者はザックとゲイルードの指示により、フィアナの気を乱さぬ様、少し離れた場から事態を見守っていた。

「今後、貴方と孤児院の子供達はロシュグリア公国の保護下に入って頂きます」

「異存はございません。私達とて教会に害された身……願ってもないことです」

アルフはザックから治癒魔法を受けながら答え、そして問う。

「しかし本当に良かったのですか、私が聞くことはあまりに的外れなのですが」

フィアナの詠唱はいまだ続いており、アルフの時間稼ぎ程度では、本来まったく無意味であったことを示していた。

「俺にも譲れねえもんがあるんだよ。そこの裏切者《子供好き》みてえにな」

ゲイルードはアルフの顔を見据え、少し顔を赤らめながらいった。

「む、やはり貴様……セツラの友人に歪んだ懸想するなぞ、私が許さんぞ!!」

「ちげーよ!? 侠気《おとこぎ》だっ!! 男は侠気に答えて、なんぼだって言ってんだ!!」

アルフの治療を終えたザックが、面白くなさそうに口をはさむ。

「それに実のところ、私達に何かしらの打開策があるわけではありませんしね」

「ああ、身の内に毒を持ったまま、この場から動いていいものかも判断できん」

「貴様ら、もう少しフィアナ様を信頼してはどうだ!! まだ、聖女候補とはいえ、神託に導かれた特別な存在であろうが!?」

「お前はまだ、聖女の役割を知らないんだな……」

「馬鹿にするな！　女神の結界を守る為に尊き力を女神様より与えられた聖なる乙女達。魔物や、結界の向こう側に生息されるとされる魔族から千年以上、民草を守り続ける……この世界の根幹をなす存在ではないか。そんなことは我らでなくとも、子供でも知っていることだ」

「悪いがそういうことを言っているわけじゃない」

「……それは、どういう意味だ」

エミリアは二人の諭すような口調に腹立ちを覚えるも、自分に足らぬものを覚えて静かに問う。

ゲイルードはアルフと視線を交わし、無言で問う。

「子供達はもう建物の中です。私はこれからの生涯、力の及ぶ限りセツラ君やフィアナさんの、お手伝いをさせて頂きたいと思っています」

アルフの覚悟にプルーデンス隊の二人は頷き合い、ザックが説明を始めた。

「聖女の役割、それは誰も知らないのです。それこそ聖女様ですら……その聖女の力の源たる聖寵《固有スキル》『女神の封印：S』の弊害による記憶の封印によって」

「な、何を馬鹿な……な、なら、あのフィアナ様の魔法はいったい？」

「ああ、あれは、聖女が女神の結界に出入りする為だけのモンだ……」

「そう、そしてまだ聖女ではないフィアナ様は初めて、あの魔法を行使しようとしている」

「ஸ்டார்《星は流れ》・ஞெராம்《時が終わりを》・ஞீஞ்ஞீஊம்《迎えたとしても》・」

最終節と思わしき言葉の群れが唱えられ、兄《セツラ》とフィアナが同じ光で繋がってゆく。

キリカはいたたまれなくなり思わず目を逸らす。自分を見つめるフィアナの瞳を視界の淵に捉え、心の中を見透かされたように感じ、恥ずかしくなる。


「சகெ◌ாதரா《私は貴方とある》」


フィアナの片手がそっとキリカに重ねられる。すると光はキリカまでをも巡り、繋いでいった。

フィアナは微笑みを一つ向けると真剣な面持ちに戻り、力ある言葉を言い放つ。


「ஒளா《光よ》　ம்ன்னணா《導きたまえ》」


三人をなぞるように走る光の群れは、フィアナの言葉と共に勢いを増し膨らみ始める。

やがてその形状をあやふやなものとし、こねて丸めるように球の形を成していった。そして白く淡い光を放ちながら空中をフワフワと浮かぶ、二頭立ての馬車程の大きさの光球となった。

その光景を見ながら事態を最も把握するゲイルードとザックは呆れたような表情を浮かべる。

「あの光球、小規模ながら完全に『女神の結界』と同じものにしか見えませんね……もうこれから先、何が起こるのか誰にも分からない」

「まさに『女神に導かれし聖女』か。嬢ちゃん、とんでもない事をやらかしたな」

二人の投げやりな放言に、エミリアが恍惚とした表情のままに抗議する。

「フィアナ様ならセツラの命を救い、この事態を収集してくださるに決まっている。貴様ら、そんな呆れた物言いをせず、もっとフィアナ様を称えろ!!」

「おかしいな。報告に間違いがなければ、この辺りの生物は腐り、死に果てているはずだが」

そんな使徒達のやり取りの中、まるで方向違いの会話が平然と混じる。

「なっ、何を!?　誰だ貴様!!」

まるで始めからそこに「居た」かのように黒いローブの男が佇んでいた。

エミリアをはじめ、満身創痍といえる使徒達の反応が遅れる……そしてそれは致命的な一瞬。

男は懐から禍々しい色の液体の入った小瓶を取り出し、揺らしながらこともなげに続けた。

「まあいい……足らぬのなら、足せばよいだけの話だ」

*　　　*　　　*

そこは何も無い、白い空間だった。

光に覆われ、周囲の景色が消えた。気がつくと三人は先ほどまでと同じ様相でそこにいた。

前後左右、天地と同じような真っ白な空間が延々と広がっており、どこまで続いているのか距離感すらまったく掴めない……しかし今はそんなことはどうでも良かった。

キリカの両腕に先ほどまでまったく感じられなかった体温が伝わってくる。

燃え盛るような熱を放っている。しかしこれは兄が生きている確かな証明。

——そして

……トクン……


キリカは聞いた。ゆっくりと弱弱しいが、どんなに耳を澄まそうと聞けなかった、その音を。

「フィアナさん！　お兄様、お兄様の心の音が!!」

「——女神の光を持って汝の命の息吹呼び起こさん——」

キリカが言い始める前にフィアナの詠唱は始まっていた。そしてセツラを再起動させる言葉が強く言い放たれた。

『再生《リジェネレーション》』!!」

身体中の傷がみるみるうちに塞がる。蝋人形のように白かった顔には赤みが差してゆく。

そして相反するように高かった熱が引いてゆく。光系上級魔法『再生《リジェネレーション》』。その効力は術者の魔力と能力値《ステータス》に比例する。フィアナの唱えしそれは、瀕死のセツラを立ちどころに、通常の状態へと引き戻そうとしていた。

やがて心臓の鼓動も一定の律動《リズム》を刻み始める。か細かった呼吸は小さく上下する胸に伴い、静かな寝息のように変わっていった。

間違いなく兄《セツラ》はここに蘇生し、二人の妹は兄を起こさぬよう、静かに喜びあった。


「フィアナさん、ここは、どこなんでしょうか？」

キリカがこの状況に導いた本人に説明を求めた。

セツラはキリカの膝の上で未だ小さな寝息をたてて眠りつづけている。

すると今の今まで、フィアナに張り付いていた慈愛の微笑みがくしゃりと崩れ……

「うわあああん！　ごめんねキリカちゃん、私、私、怖くて〜」

「え、え、え？　フィアナさん!?」

「怖くて、つい、キリカちゃん、巻き込んじゃったよぉ〜!!」

キリカに抱き着き、まるで残念な理由を告白する。

「ごめんねっ、ごめんねっ、ぇぐ……」

「い、いえ、そんな、フィアナさん……私、嬉しかったですから」

キリカは分かっていた。あの時確かに、フィアナはキリカの思いをくみ取ってくれたことを。

優しすぎる彼女は、もしここで何かが起こってもすべては自分の責と、キリカに罪悪感を抱かせぬようにそのように振舞っていることを……本気でそのように思いながら。

「それに、泣いちゃだめです……フィアナさんのお兄様が心配されますよ」

「キリカちゃんの意地悪……まだ泣いてないもん」

限界一歩手前で涙を食い止め、膨れ顔で抗議する。

自分を守護する使徒との対立、初めての魔法の行使。そうやって無事セツラを救うことはできたものの、この先どうしたものか、まるで無計画《ノープラン》だった。

フィアナの中で緊張からの解放と二人への責任が衝突して、思わぬ感情の乱れを誘っていた。

「それに私のお兄ちゃんの前じゃないから、ノーカンだもん」

二人から目を逸らしながら、そう言うフィアナにキリカは微笑みで返した。

聖女の中にいる、自分と同じ兄を思う少女の姿に、キリカの中でさざめいていた感情と疑問は少しずつ穏やかになっていった。


「……ごめんな」

俺は目を覚ました。

そして一番に飛び込んできた妹の顔に手をふれ、己の不徳を詫びた。

キリカは泣き笑いのような複雑な表情で固まり、嗚咽を交え呟いた。

「……何故……謝るのですか」

「……心配をかけて、ごめん。俺は色々と間違えていたみたいだ」

俺は見ていた。女神の結界へ干渉されるその瞬間まで、意識はその光景を感じ続けていた。

残される方の気持ちを知りなさい、それが俺への罰だと女神様は言った。

狂ったように復讐を成そうとするキリカ。誰かれ構わず、その場に関わったものを道連れに俺の後を追おうとしていたことが容易に想像できた。ちょっと、いやかなり怖かった。

悲しみ、苦しみ、絶望……それは、残されたものの中にだけある。

残されたものの思いを知ることなんて、できるものじゃなかった。

俺は少しだけ思い知るに至った……女神様はきっと、そう俺に教えたかったのだと思う。

「……つぎはご一緒させてください……」

俺は何も答えなかった。

キリカが俺の胸に顔を埋め、肩を震わせてる。泣いているのは一目瞭然だった。

フィアナとの約束を守ろうとしているのだろう……その姿を見て、あの頃、フィアナが泣くのを必死で我慢していた記憶を思い起こした。

そして、その姿は俺達兄妹の再会に遠慮して、少し離れた所にあった。

俺は妹の面影をさぐった。

輝く金の髪は俺の知る頃より随分と長くなっていた。

いつも零れんばかりに開かれていた澄み切った空のような青い瞳。

今は計り知れない知性を宿し、状況を見据えている。少し寂しい。

そして当然のことながら、見るからに俺より年上の、母に似た美しい少女へと成長していた。

俺の中では、まだ別れて間もない状況。なんとも不思議な感覚に囚われる。

そして俺の視線に気づき、俺達二人を見てお日様のような笑顔を咲かせる。

ああ、間違いない……。その笑顔を見て、俺の中で万感の思いが駆け巡った。

流石にかつての、俺《ラエル》の姿の姿が突然現れたときには自身《セツラ》の存在を疑うくらいに驚いたけど。

「……ありがとう」

俺は言った。命を救ってくれて、生きていてくれて、兄《おれ》のことを思い続けていてくれて……たくさんの言葉にならない気持ちを込めて。

フィアナは俺達に近づいてくると屈んでキリカの頭を撫でた。

「私の大切なお友達《キリカちゃん》の、大切なお兄さんですもの」

ちょうど俺の目の前に……その……大きくなったなフィアナ。

そして年上の余裕を俺に見せつけるように、俺に手を差し伸べると言った。

「私の名前はフィアナ。初めましてキリカちゃんのお兄さん……よろし……」


フィアナは言葉の途中で固まっていた。

聖女然とした微笑みは、いつのまにかグチャグチャに歪んでいた。

玉のような大粒の涙が次から次へと頬を伝い、零れ落ちて行った。

「……あれ……おかしいな……キリカちゃんの……もらい泣き……かな」

「フィアナ……さん」

「フィアナ……でいいよ…………お兄ちゃん」

「え、フィ、フィアナ!!　そっ、それって!?」

「お兄ちゃん…………会うまで泣かないって……ぐすっ……決めてたのに……どうして、どうして、なのかな……ずっと、ずっと、頑張ってきたのに」

俺の勘違いだった。フィアナは笑顔を無理に繕おうとして、顔がおかしな形に強張る。

湧き出る涙と、源泉の分からぬ思いが理解できず、感情をコントロールできない様だった。

「……内緒ですよ……お兄ちゃん……これは……予行演習……ってことで……うぇっ……」

そしてキリカを挟んで俺に抱き着くと、堰を切ったように叫び泣いた。

「ごめんなさい！　お兄ちゃん〜!!　うわあああああん〜!!」

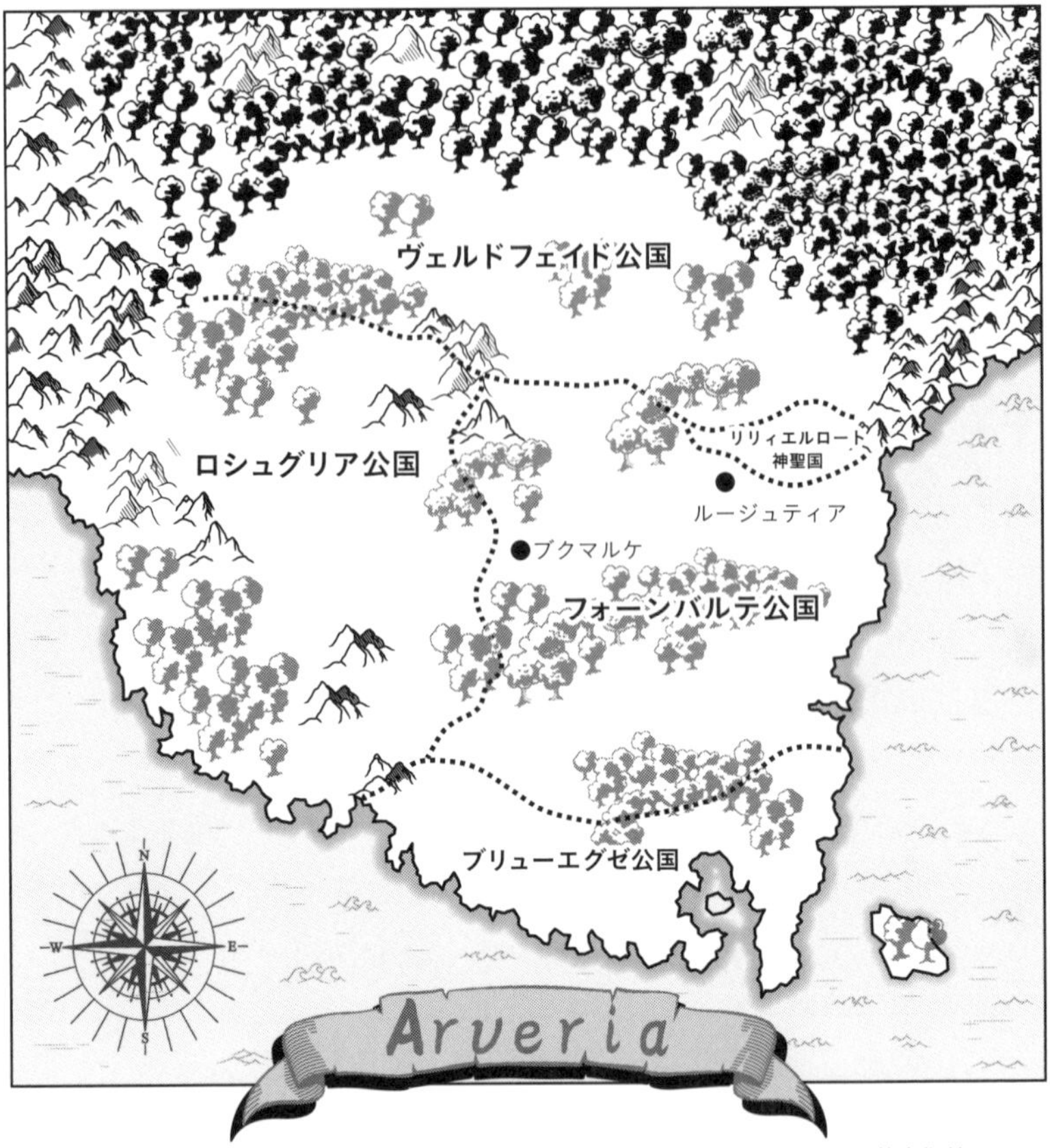

リリィエルロート神聖国

アルヴェリア大陸を統治する、エルロート教本拠地。

フィアナの聖女戴冠式が執り行われる予定だった。

三人の聖女と使徒隊、暗殺者ギルド本部を擁する。

フォーンバルテ公国

ラエルにフィアナ、セツラにキリカの出身国。

ラエルは首都ルージュティアにて十二歳の時、処刑される。

セツラは生まれ故郷に近い、ブクマルケを本拠地に暗殺者としての活動を始める。一人の聖女と使徒隊を擁する。

ロシュグリア公国

聖女セレスティアと七使徒プルーデンス隊を擁する。

大司教により拉致の途中にあった、フィアナを神託により救出。以後、聖女として隠密裏に育てることになる。

ヴェルドフェイド公国

聖女不在、七使徒ヴィルジニテ隊を擁する。

ロシュグリア公国の聖女候補の秘匿と、教会による暗殺計画を知り、副隊長を務めるロークス姉妹が独断専行にて参戦。

第五章
『はじまりの終わり』

「二人とも、もう大丈夫か？」

「うぅ、申し訳ございません、お兄様……お恥ずかしいところをお見せしました」

「う、うん、ごめんね、もう大丈夫だよ」

あの後、キリカまでも泣きだしてしまい、妹達が泣き止むまでに一刻程要してしまった。

本来なら、まさに一刻の猶予も無い状況と言えるのだが、ちょうど俺には時間が必要だった。

そして今、この場における時間の消費が問題ないと思える、一つの確信があった。

「ここに来るまで……お前たちが孤児院に来てからこっち、どれくらいの時間が掛かった？」

「恐らく、四半刻《三十分》も経ってはいないかと」

キリカは表情を少し曇らせ言った。

俺はフィアナの魔法が発動される、その瞬間までこの場で外の世界を感じていた。

それは不思議な感覚だった。キリカの動き、神速の斬撃すらも緩やかで、そこに見えるもの全ての時間が静止したような世界だった。

恐らく、ここの時間の流れは外に比べ何十倍も速いのではないかと推測している。

俺の感覚としては六つの刻……軽く半日位は経過したかのような体感時間だった。

「私も同じくらいかなあ……おかしなことを聞くね？　それがどうしたの、お兄ちゃん？」

「ええっ⁉　いや、別にたいしたことじゃないんだけど……」

キリカも俺がアレを見ていたコトは知られたくないと思うので言わない。

それよりフィアナはお兄ちゃんで通すのか……いや、全然いいんだけど。

「フィアナさん、そ、その……その呼び方は……」

「だって、私よりちっちゃいし『お兄さん』って、違う気がするんだもん」

うっ、地味に傷つくな。そして、ひとしきりの思案顔ののち笑顔で答えた。

「『お兄ちゃん』ぅん、やっぱり一番しっくりくる」

「……うっ、も、もう仕方ありません！　フィアナさんだけですからねっ」

そう言って何故だか、もう一人の妹は俺を睨む……解せん。

そんな事より、と俺は懐から小瓶を取り出した。

「お兄様これは？」

「抗血清だ。今回使われた未知の毒のな。先に二人とも飲んでおいてくれ」

「すごいね、いつのまにこんなの作ったの？」

「時間は十分あったからな」

二人はばつの悪そうな顔を見合わせ押し黙る。その前から体内で精製してた分なんだけど。

「と、とにかく、は、早く戻らないといけないよ、皆が心配だ」

フィアナがここで浪費してしまった時間を思い、焦り顔で立ち上がる。

そこは心配しなくても良いのだけど、そんなことより大丈夫だろうか？

「よし戻ろう！　フィアナ、よろしく頼む!!」

「えっ？　私、知らないよ!!」

キリカが目をまん丸くして、フィアナを見ている。

うん、やっぱりね。

俺は予想通りの回答に、呆れ顔を隠せない。

「女神の結界入るの初めてだし、まだ聖女見習いだもん。もう、お兄ちゃんの結界でしょ!?」

聖女だと俺を前に普通に言ってしまってる……よく今まで隠し通せてこれたな。

「解除できないのか？　壊すのでもいいんだけど」

「女神の結界は今まで解除されたことも、壊されたことも無いよ!!」

何故だか自慢げに言うフィアナ。

「結界といえば、あの時のお兄様の『蟲毒壺《ダーククライン》』あれは一体？　それに突然、解除されてしまって……それで私、お兄様はもう……と」

思い出して、キリカの瞳がまた涙に歪みだす。

「あれは広域に展開して毒の拡散を防いでたんだ……ほ、ほら俺はもう大丈夫だから」

「ええっ、じゃあ壊しちゃダメだったんだ!?　そ、それに、キリカちゃんゴメンねっ!!」

「ええっ、壊しちゃったの!?　簡単に破られるような結界じゃない……つもりだった」

闇魔法『蟲毒壺《ダーククライン》』は俺の奥の手だ。毒と併用する事を前提に強度には気を配って編み込んである。

広域に展開した分、強度も低下していたのかもしれないが。自信をなくす。

「わ、私、置いてけぼりで途方にくれちゃって普通に『結界破壊《セイクリッドブレイク》』てしただけ……ひゃっ!?」

不意に言った『力ある言葉』とともに白い空間、フィアナのすぐ傍に大きな亀裂が走った。

俺はこの一刻程の時間で、フィアナの十年が分かった気がした。

そしてこれから先、俺達がどういう風に関わってゆくのかもだ。

そして亀裂は空間を裂くように瞬く間に拡大してゆき、あちこちで光の欠片が降り注ぎ始めた。

「あ、あれ？　嘘!?　『女神の結界』こ、壊れちゃうの!?」

これは、完全にやっちゃ駄目な奴だ。外の連中には目撃してて欲しくないが……無理だよな。

フィアナが俺の右腕にしがみつき、負けじとキリカも反対側にしがみつく。

俺は『まあ、いいか』と、後のことは成り行きにまかせ、今をかみしめた。

*　*　*

これは、一体どういう状況だ。

フィアナが地に臥した、見知った顔の者達に駆け付けてゆく。

「ゲイルさん!!　ザックさん!!」

「アルフ様っ!?」

俺は恩人の身体を静かに起こし容態を確認した。外傷は無い。が、何故か遅らせていたはずの毒の侵蝕が進み、全身から出血が始まっている様だ。既に意識は無く呼吸が浅い。

俺は小瓶を取り出し、抗血清を口から注ぎこむ。頼むっ！　間に合ってくれ!!

「……セ……セツラ」

倒れてなお剣から手を離さない白銀の剣士から、見る影も無い呻き声が届く。

「お兄様……」

「ああ、分かっている、大丈夫だ。お前はあっちの二人を頼む」

キリカがここにいる何かへの警戒を促す。俺も朧気ながら、その気配には気づいていた。

「分かりました。お気をつけください」

俺は抗血清の小瓶をキリカに渡し、赤毛の少女の元に駆け付けた。

「おい、エミリア！　しっかりしろ!!」

「……嬉しい……助かったんだな……フィアナ様……ありが……」

「喋るなっ！　今すぐ抗血清を飲ませてやるぞ!!」

「……そう……で、では……こ、心の準備を……」

エミリアは目を閉じ身体を固くする。予断を許さぬ状況だ。俺は、エミリアを抱き上げて……

「……お兄様、どうぞ……」

「あっ、ああ、ありがとう、キリカ……」

妹から手渡された、抗血清を小瓶からエミリアの口に注ぎ込んだ。

「ええと……早かったな……流石は俺の妹《キリカ》だ」

「お兄様が心配でしたので」

どういう意味だろう？　何だか兄に向けた視線に非難めいたものを感じるのだけど。

「……大丈夫だ、お前はフィアナを頼む」

フィアナは二人の治療を終え、今はアルフ様の治癒にあたってくれていた。

俺はフィアナの護衛をキリカに頼む。そろそろ仕掛けてきてもおかしくない頃合いだ。

「わかりました……ご武運を」

キリカがフィアナのもとへ向かったの確認すると、俺はエミリアを横たえ、語り掛けた。

「ありがとうエミリア……俺達は随分とお前に助けられたな。少しだけ我慢しててくれ、すぐに妹達がお前を元気にしてくれる」

エミリアは少し不本意そうな表情で気を失っていた。


「お前達に聞きたいことがある」

そして、背後に生じた気配は、何事も無いように俺に話しかけてきた。

「蠱毒壺《ダーククライン》」

聞き覚えのあるその声に俺は、振り返ることなく闇の結界を展開する。

教会を、暗殺者ギルドを剥ぐっても尻尾は掴めなかった。

もとより俺の二度目の人生は復讐が目的なわけじゃない。

だけど十年間忘れた事など一度もない、忘れようもない。

そして振り返り、その男……俺を殺した暗殺者『黒いローブの男』と対峙をし俺は笑った。

まさかここで出会うとはな。

いや、フォーンバルテだからこそか……女神様、ほんと愛してます。

今日、妹《フィアナ》を取り戻した。あの日の因縁に決着をつけるには最高のタイミングだ。

「奇遇だな、俺もお前に聞きたいことがある。ああ、それこそ星の……いや、毒の数ほどな」

＊　＊　＊

十年前の事やこの毒の事、それらに付随する大小様々な疑問が頭の中を巡る。

しかし、俺の中で一番優先されるのは聖女＝フィアナを守る為に必要な情報。

俺はご存じの通り？　駆け引きが苦手だ……いきなり本命をぶつける。

「何故、お前達『教会』は聖女候補《フィアナ》の命を狙う？」


この男の気配の殺し方は間違いなく暗殺者として上位に位置する。

十年前、俺を殺害した件にも関わっている事から、ある程度の情報を持っていると推測していた。

答えるかどうかは別として。

男は俺の言葉を無視して闇魔法『蟲毒壺《ダーククライン》』により、半径五メレル程に展開された半球状の黒い壁をゆっくりと見渡していた。

そして俺に向き直ると、驚くことに問いかけへと答えてきた。

「およそ駒が知り得ることでは無いが……そういえば昔、大司教が喚いていたな。『運命の聖女』がどうだとか。もう教会にはおらぬが……くくっ」

今は関係の無い情報だった。しかし俺を殺した主犯の消息に、冷静さを欠いてしまった。

「……あの糞ジジイ、もう教会にいないのか……」

「ほう、あの男を知っているのか？　欲を欠いて、ヴェルドフェイドにすり寄った。くくくっ、後はわかるだろう？」

「教会に始末された……か、いいのか？　そんなにベラベラと」

「別に私には関係も興味も無いことだ。それに分かるだろう？」

ああ死人に口なしだな。俺もお前を生かすつもりなんてない。しかし、あっけないもんだ。

女神様がかつて言っていた。フィアナの背負った運命は世界を巻き込むと……

フィアナがさっき、しでかした女神の結界の破壊。

アレはこの世界の理を根底から覆す。

教会が聖女候補《フィアナ》を殺してでも、守ろうとしているのは世界の秩序か？

「面白い、実に興味深い」

「面白くない、ちっとも。さっきから鬱陶しいな」

俺の思考を遮るように、さっきから男はちょっかいを掛けてきていた。

空気中に数種類の毒が漂っていた。どれも強力で致死性の高い猛毒だ。

狭い密閉空間の中で、それらが俺を侵食しようと鬩《せめ》ぎ合っていた。

「これが、お前の流儀だろう？」

狭い壺の中の毒蛇二匹。確かに、互いの尻尾を食み合っても始まらないな。

そして俺は情報を得るために、押し殺していた感情を解放した。

「お前が、あの『毒』を作ったのか？」

「それだ。お前、お前達は何故、生きている」

やはりこいつか。俺の身体が熱を帯びてゆく。

「外にいた連中。抗体が投与されて進行が遅れていたな。だが、辺りに追毒したらあの通りだ、とても完全とは言い難い。しかし、あとから現れたお前と女ども……お前達は何故動ける？　この毒は俺が今回はじめて部下に渡した、誰も知らぬ毒だ……部下にも過小に伝えておいたが……くっ……思ったとおり、安易に使ってくれたな」

黒いローブの男は毒のことになると訥々と、雄弁とも言える程に語りはじめた。

アルフ様や子供達……そしてエミリア。血だまりに沈んだ皆の姿が脳裏に浮かぶ。

「まあいい。俺の聞きたかったことは、お前や、女どもの身体に教えてもらおう」

俺の中で、最も許されない言葉をいいやがった。

もとより逃がすつもりも、生かすつもりもない……が、沸き立つ身体の中から溢れでるマグマのような怒りが、不必要な言葉を紡いだ。

「……お前は殺す……必ず。生かしてはおけない」

そして俺の言葉を皮切りに、男は大量の毒を無差別にばら撒いた。

「なるだけ……死ぬな……その方が楽しめる……」


ローブに隠れた口元が歪な形に笑いを模《かたど》る。

血液毒、神経毒、筋肉毒、麻痺毒、腐食毒、等々。

その総数は数百におよび、それぞれが致死量を遥かに超えていた。

結界内は瞬く間に呼吸はおろか、そこに存在するのを許されぬ程の猛毒の海と化していた。

それらは男が悦にいるほどの事はあった。俺の知らない毒までもが、その中にかなりの割合で含まれていた。ほぼ最高位の『毒耐性』とはいえ、知らない毒、それも致死量を超える猛毒となると死に至ることは無くとも、それなりの影響を身体に及ぼす。

俺はそれらを身じろぎひとつせずに、この身に受け続けていた……

辺りの毒のせいや、怒りの余り動けなかったわけではなかった。

沸き立つ身体の中にこそ見つけることのできた、自身の変化に気づいたからだ。

それは胸の中心にある、小さな石ころ程の欠片。

見ることが叶うなら、おそらく白く淡い光を放っているだろう。

(女神様も相変わらず過保護だな。いや、これはフィアナの贈り物《プレゼント》か?)

女神様は瀕死の俺の身体を守る為、そして俺への罰の為に『女神の封印』を拡張させた。

本来は、フィアナの力により女神の結界は破壊され『女神の封印』も消失していただろう。

しかし意図せず行われた、中途半端な魔法による女神の結界の破壊。

おかげ様で俺の身体の中に女神の結界の一部が残ってしまっていた。

それこそ女神の欠片が……

俺は身体に受けた毒をそこに送り、いつも通り分析を行なった。

今までの数十倍の速度で、抗体や血清を作ることが可能になっていた。

思った通りだった。そこは『女神の結界』と同じく、時の流れが著しく違うようだ。

俺はまるでダメージを受けることなく、全ての毒を無害化していた、そして……

俺の心と身体は毒を受けるたびにクールダウンしていった。


「動けずとも、死なないとは。たいしたものだ」

黒いローブの男が勘違いして俺に近づいて来る。そして懐から大切そうに小瓶を取り出す。

その動きは酷く緩慢なものだった。自らの用いる毒ゆえ、免疫はあるのだろう。しかし息もできぬ程に充満した結界内では影響を消しきれず、いくらかその身にも返ったようだった。

「……試してみたくなった。これは件《くだん》の毒の完成品だ。毒素も、感染力も比べ物にならない……お前が死ねば、街中が死ぬぞ？」

そして十年前と同じように俺の鼻をつまみ上げると、口内にドロリとした液体を注ぎ込む。

ローブの下の顔が愉悦に歪んだ。

十年前、男はあのときも笑っていた。

十年間、何度も悪夢に心を削られた。

内臓から溢れ返った血液が口内を汚し、閉じた唇から伝い落ちた。しかしそれも一瞬の事。

「……返すぜ全部」

「……なんだと？」

俺は口内に貯まりにたまった汚れた血《毒》を、男の顔面に、吹き付けた。

「ぐがぁぁあああがぁぁあああ!!」

男が俺の足元で転がり、悶絶する。

「馬鹿なぁぁあああ!?　何故効くぅうう、俺の毒が俺自身にぃいい!?　効くはずがぁあ……」

「お前の毒耐性と免疫を超えてるってことだろ？」

俺の台詞に男は自身の内を見るような間を置き、ふいに我に返る。

そして慌てふためきながらローブの下を探り、たくさんの小瓶を取り出していった。

「ほら、ぼやっとしてると、どんどん増えるぞ？」

男はしゃがみ込んで覗く俺の顔を憎々し気に警戒しながら、血清らしきそれらを片っ端から喉に流し込んでいった。

「…………馬鹿な……俺の毒全てに……魔毒の効果を加えるだと……」

「ふぅん、魔毒っていうのか？　これ」

「…………」

黙秘もひとつの回答だ。俺は聖寵《固有スキル》『罪の真贋』を発動させ、さらに問いかけた。

「どうやって作ったんだ？」

「教会から下賤された、魔族の死体の一部を使って作り上げた。俺の十年のすべてだ」

「魔族の死体って……そんなものが、どうして教会にあるんだよ」

魔族はここ千年、この世界に現れていない。

男の言うことが本当だとしたら、教会は一体全体、何を考えているのか？

ただ、このろくでもない毒に、何らかの未知の素材が使われていることは明らかだった。

何にしても、今考えても仕方のないことだ。

あと、俺が使った毒は宿主が死んだら死滅するよう改良してある……十分ろくでもないか。

俺は黒いローブの男の顔を覆うフードをはぎ取る。

男の顔は驚愕に彩られていた。

「案外、普通の顔だな。うんスゴク普通。もっと仰々しい顔かと思ってたよ。中身知ってたら俺も十年間、そんなに苦しまなかったかもな」

「何を訳のわからない事……ぐがぁあああ!!」

そして、再度苦しみ始めた。

血を吐き、痙攣を繰り返す。

元々がそこまで強い毒ではないからな。効き始めるまでに時間を要したようだ。

「きさまぁあ騙したのかあぁ!?　があああぁ!!」

「人聞き悪いな。俺は言ったぜ、全部返すって」

「……知らん、知らんぞ……こんな毒、俺は使ってない！　血清を持って無ぃいぃいいいいぃ!!」

「そうか、俺はこの十年間忘れたことないがな……まあ、そこまでの量を飲まされたわけじゃないんだが、利息分ってことで」

「……!?」

男は記憶を探るような表情の後、自嘲的な笑みを浮かべ呟いた。

「……ははは……そうか、そうだ、思い出したぞ……あの毒だ……」

そしてその眼には、もう俺は写っていなかった。

「……十年前、俺を魅了した……あの子供だ……あの子供に使った毒だ……馬鹿な……忘れるなぞ愚かな……俺を毒へ、毒の世界へ……導いた毒だ……」

「子供じゃないぞ、もう成人してたから」

「……ならばこれは、あの子供のモノか……この痛み……苦しみ……全てあの子供のモノか」

男の顔は苦しみから歓喜へと変わり、すでに俺の声も届いていなかった。

「……ありがたい……感謝するぞ……これでもっと、俺は毒を知ることが……」

男の戯言も、もう声にはなっていなかった。

「残念だけど、あんたに女神様の『もう一度』は、たぶん無い」

俺は男にそう告げ、蠱毒壺《ダーククライン》を解除した。

＊　＊　＊

「お兄様！　お怪我はございませんか⁉」

「ああ、大丈夫だ。心配かけたな」

闇の壁が溶けるとすぐ傍に妹達の姿があった。

俺はキリカの頭を撫でながら辺りを見渡した。

アルフ様をはじめ、皆まだその場で横たわっていたが、ここから見る限り表情は穏やかだ。

「こっちはみんな大丈夫だよ。建物の中の子供達にも、血清は投与しておいたから心配な……」

フィアナの言葉が途中で止まった。フィアナの視線は黒いローブの男の上で固まっていた。

男は白目を向いた状態で身体を痙攣させていた。

「……お兄ちゃん、その人は？」

「ああ、今回の騒ぎの張本人だ。もう毒が回りきっている……直に死ぬよ」

十年前の意趣返しと、止めを刺さずにいたが、妹達の精神衛生上良くなかったと後悔する。

俺の話を聞き終えたフィアナは男におもむろに近づき突然、力ある言葉を放った。

『『治癒《ヒール》』！』

「フィアナ⁉　何をするんだっ⁉」

「この人は私のお兄ちゃんを知っている！　あの時、部屋に入っていった人だよ‼　私はちっちゃかったから、下からローブの中が見えたんだ‼」

フィアナの顔から、いつもの穏やかなで優しさに満ちた表情が消えていた。

「フィアナさん、フィアナさんのお兄様は……」

初めて見せる、フィアナの縋《すが》るような必死の形相に、キリカは戸惑いを隠せずにいた。

「キリカ、何か知ってるのか⁉」

「はい、もうすぐお兄様が迎えに来られると、お幸せそうな笑顔で仰られたので」

えっ、何それ？　俺は知らないぞ！　どこの馬のお兄ちゃんだよ⁉

男の苦しみに歪んだ顔が少しずつ穏やかなものとなり、何かを呟くように口が上下する。

「わ、私の兄を知りませんか⁉　十年前、教会で行方不明になったラエルという名……」

「……んぞ」

「えっ⁉」

「許さんぞ！　貴様っ‼」

男は激しい怒りを露わに中空を怒鳴りつけた。戦いのさなかにおいても、ついぞ表すことの無かった程の激情だった。フィアナは驚いて後ろによろめき、俺が支えた。

「…………痛みを…………苦しみを…………返せ」

男は譫言《うわごと》のように何もない空間を見ながら恍惚とした表情で続けた。

「…………俺は…………同じ頂を今……見ていた」

俺は男に止めを刺さなかった事を、心の底から後悔することとなる。

「…………妹の名を、呼びながら……毒にあがらい続け…………続け……死んだ少年……」

そして、男はピクリとも動かなくなった。フィアナの身体からストンと力が抜け落ちた。

俺は倒れぬ様、後ろから優しく抱きとめる。

「フィアナ、その、大丈夫か？」

「……あ、うん、大丈夫……お兄ちゃんは大丈夫……」

「俺？　あ、違うか……う、うんお兄ちゃんは大丈夫だよ！　ただの偶然。ほら、こいつ見るからにいっぱい殺して……え、普通の顔？　でも、お兄ちゃんは何処かで元気にやってるさ！」

俺はこの上なく滅茶苦茶で無責任な励ましをフィアナにかけて、あっさりと地雷を踏んだ。

「……お兄ちゃんに何が分かるのよ」

「あの、えっと……フィアナ……？」

「お兄ちゃんに、お兄ちゃんの何が分かるのよ！」

ごめんなさい。お兄ちゃんにも何が何だか分からなくなってきた。

「いや、だって、ほら、その、なあ、キリカ」

妹《キリカ》にパスした。うわ、俺めっちゃカッコ悪い。

「え、ええ、お兄様とは来月お会いできるのですよね？　それにお手紙のことも」

「あんなの嘘だよ……」

フィアナは満面の笑みで答えた。キリカが痛ましさに目を逸らす。

「小さい頃は何も疑ってなかったよ……だけど私の置かれた状況が理解できてきて、いったいどこから、どうやって手紙なんて届くんだろうって……」

そして今度は本当に寂しそうな表情を俺達に晒す。

「最初の頃はね、それこそ何枚も何枚も……フィアナ可愛い、可愛いフィアナって。すごく、お兄ちゃんの愛情を感じる文面だったんだよ。でもね……」

フィアナが聖衣の懐から、一枚の便せんを取り出して俺達に披露する。

「最近なんてほら、これ一枚だけ。しかも数行。『来月、戴冠式で会おう』って……なんか、すっごく雑!! こんなの私のお兄ちゃんじゃないよね!?」

偽物の上に変態だった。しかも、こんなにフィアナを悲しませて……見つけ次第、処刑だな。

キリカが俺に目くばせし、頷いている。どうやら心あたりがあるようだ。

「それにね、もしお兄ちゃんが生きていたら……どんなことがあっても、私を十年間も放っては置かない……約束を忘れたりしない」

や、約束って何？ 女神様!! 俺の記憶にまだ封印が残っています!?

「あ、いや、それはお兄ちゃんにも色々と事情があるんじゃないかな？」

「そんなの知らないよっ!! キリカちゃんもそう思うよねっ!?」

「はい、妹との約束を忘れたりなど、絶対にお兄様に限って!!」

キッパリと言うキリカ。俺は妹達の包囲網から逃げ出せず、もうただオロオロとしていた。

「やっぱり……もう、お兄ちゃんは居ないんだ」

そしてフィアナは両手で顔を覆い俯き、その場にへたり込んでしまう。肩を震わせ小さな嗚咽を漏らす。手のひらに隠された向こう側は知るまでもない。

「あの、フィアナ……実は俺は……」

最悪のタイミングだ。誰しもが平静で無い中、俺が一番冷静でなかった。

俺の言葉が更なる混乱を招く、そんな時だった。俺の後頭部を凄まじい衝撃が、突然襲った。

「ぐがぁっ!?」

俺はそのまま後ろへ倒れ込み、俺の視界に逆さまにその姿が映り込んだ。

そこにはキリカよりさらに頭一つ小さい幼女の姿。

二つに分けた銀色の髪が膝裏をくすぐっている。フィアナと揃いの仕立てをした白の聖衣。

しかし感情を灯していない灰色の濁った瞳は、フィアナとは対照的で氷の冷たさを抱かせる。

そして傍らには、身の丈程の木の杖を携えていた。俺はソレでこれでもかと殴られたようだった。

「お兄様っ!!」「お兄ちゃんっ!!」

「私の娘《フィアナ》を泣かす兄……死ねばいいと思う」

(誰です？　でも、ありがとう……助かった)

俺は正体不明の幼女に感謝する。そしてこの上なく安堵した表情で、また意識を手放した。

＊　　　＊　　　＊

えっと、これはどういう状況だ？

キリカの頭が俺の鼻先に触れるか触れないかの位置にあった。スースーと可愛らしい寝息が首筋に当たってくすぐったい。どうやら俺達兄妹は同じベッドの中で寝かされていたようだ。

余程疲れているのだろう。身じろぎ一つしない。よく見ると、まなじりに少し涙が湛えられていた。

「ごめんよ……今日は本当に心配をかけたな」

俺はそれを指で拭う。ひと際長い睫毛が小刻みに揺れた。

「……あの……どうして私の隣にお兄様が？」

「あっ、ごめん、起こしちゃったか？　いや、俺も気付いたらここで寝てた」

キリカはキリカで今の状況に混乱しているようで、真っ赤な顔で固まっていた。

「そうですか、私もあの後、気を失ってしまって」

「えっ、まさか、お前もあの変な幼女に、頭を!?」

俺は慌ててキリカの後頭部をまさぐり、怪我の有無を確認する。

「あわわわ、わっ、私は大丈夫です！　危害を加えられたわけじゃないです」

「良かった、そうなのか……じゃあ、どうして？」

「あの方がフィアナさんのお母様を名乗られて。私はどうしたら良いのか分からなく……」

ああなるほど、またスイッチを切ってしまったのか。でも良かった、別のスイッチを入れてたら目も当てられなかった。しかし、何者だあの幼女。妹ならともかく母親を名乗るとはややこしい。

俺は思案しながら、キリカの頭を抱くような形で擦り続けた。

「あああ、あっ、あの、お兄様……」

「ああ、ごめん。頭は何も無かったんだったよな」

「い、いえ、お兄様さえ……構わなければ、もう少しだけ、このままで……」

恥ずかしそうに俯いてしまった妹《キリカ》の顔は見えない。

しかし俺の中で妹《キリカ》への愛おしさが、ただただ、込み上げてくる。

妹《キリカ》が望むなら朝までも続けよう。それが兄の宿命《さだめ》と言えよう。

俺達が兄妹の絆を再確認していた……そんな時だった。ノックもなくドアが開く。

夜中だから起こすまいと気遣ったのか？　直後そんな俺の考えは微塵に砕かれた。

「痛てっ⁉」

後頭部を遠慮なく杖の先で小突いてきた。そして冷たい声が静寂の中、俺達に掛けられる。

「ちょっと気持ち悪い兄妹……起きてる？」

「いや、起きて無くても、起きるだろう⁉」

俺に攻撃を加え、あまつさえフィアナの母を名乗った謎の銀髪の幼女。

俺はあの時とそのままにその氷のような無表情を見上げながら言った。

「私の名前はセレスティア……フィアナの母」

どうみても俺達よりも年下にしか見えない少女は、今確かにフィアナの『母』と言った。

俺とキリカは困惑に、顔を見合わせる。

俺達にあてがわれてた部屋は随分と狭く、椅子やテーブルは置かれていない。

必然的に腰をかける場所はベッドしかなかった。そういうわけでベッドの上にちょこんと座った幼女の前に、俺達兄妹が立ち並ぶ形になっている。

「礼を言う。うちの馬鹿を救ってくれて、とても間に合わなかった」

「プルーデンスの聖女……」

キリカのつぶやきを俺は即座に否定する。

「プルーデンスの聖女……ロシュグリアの第三公女は二十年以上、聖女を続けているはずだ」

俺達のやり取りに、何の反応も示さない幼女に、俺は向き直り、続けた。

「どこをどう見たって、四十近くには……」

「お兄様！　女性にそのような、きゃっ⁉」

被さったキリカの言葉と一瞬で膨れ上がって消えた、殺気に近い気配に俺は言葉を噤んだ。

それは父や母にも似た、圧倒的強者の気配。

『プルーデンスの聖女』またの名を『鉄壁の処女《おとめ》』

ことあるごとに教会に反目しては暗殺者を差し向けられ、そのことごとくを返り討ちにしている……と半信半疑に聞いていたが、本物かよ。

にしても『鉄壁の処女』と言うより『絶壁の幼女《ロリババア》』……ひっ、また殺気が突き刺さる。俺の心の声にまで地雷は反応するようだ。

「頼まれてたから、手は出さずに見てたけど……詰めが甘い」

そう言って幼女は懐から、ほとんど空の小瓶を取り出して、俺達に見せつけるように振った。

それは俺がフィアナに渡した血清の入った小瓶。

そう言えば孤児院の人数分位はなんとか足りていたと思うけど……まずい、外を忘れてた。

「お兄様、お、お顔の色が⁉」

自分でも青ざめているのが分かる。もしあの毒がこの街、ルージュティア全域に広がっていたとしたら、俺の血を全部使って女神の結界をフル稼働させてもスズメの涙程にもならない。

「とっくに街中に手配は終わってる。心配はない」

「え、いや、だけど血清が……」

あの男は『魔毒』と呼んだ毒の素体に『魔族』の死骸を使ったと言っていた。

血清にしても、抗毒薬にしても、研究すらままならないはずだ。俺の言葉を遮るように、聖女は四つに折られた羊皮紙を俺の方に差し出した。俺はソレにさっと目を通し、絶句した。

羊皮紙に書かれた内容……ソレはあの『魔毒』の『免疫薬』のレシピだった。

信じられないことに代替えの素体に数十種の魔物の部位が事細かく指定してあり、一つ一つの入手は容易ではないとはいえ、十分に可能な範囲だった。

「教会が馬鹿なモノを作ろうとしてたのは以前から掴んでた。すでに対処済み」

聖女は俺を見据え事も無げに言う。俺はこんな事ができる人物に心当たりは一つしかない。

「教会のおかげで、フォーンバルテ候とはいい取引《貸し》ができた……彼は私にもうメロメロ」

明らかに街中で禁止されている派手な攻撃魔法の連発。そして俺も闇魔法の結界を大規模に展開してみせていた。にも関わらず衛兵や騎士団等、ルージュティア側の対応があまりにも遅く、いやまるで干渉があった気配がない。

すでにフォーンバルテとロシュグリア……いや聖女との間で取引されていたと言うことか。

俺は『免疫薬』のことも含め、自分への無力感に酷く喉が渇いた。

「兄……それぞれに戦う場所と役割があるだけ。できることをすればいい」

初めて、ほんの少しだが幼女の、その鉄面皮の中の目が綻んだように見えた。

「そしてここからが本題。兄にお願いがある」

そう言って幼女の頭部が少し上下に震えた。


「兄、フィアナを守って欲しい」

えっと、これ頭を下げているのかな。もしかして？

——トントントントン
控えめなノックの音には、訪問に対する躊躇《ためら》いが感じられた。

もし反応が無ければ安堵のため息をついたのち、ここからそそくさと立ち去るかのようだった。

残念ながら少し間をおき、部屋の主から声が返る。

「……どうぞ、中にお入りください」

ドアがゆっくりと開き、入って来た俯き加減の来訪者に部屋の主が謝罪をする。

「このような恰好で申し訳ありません」

部屋の主……アルフはベッドの上、いまだ安静状態にあった。

来訪者の少女は水色の聖衣の前で、決心を固めるように両手を、ぎゅっと握った。

「ごめんなさい、こんな時に……私、アルフ様にどうしても聞きたいことが」

「いいんですよ、フィアナ様……私からも貴方にお話したいことがあります」

笑顔で、いつも緩みがちな少女の顔。

しかし今はすべてを受け入れるかのような、決心に満ちたものだった。

*　　*　　*

「どうしてフィアナが命を狙われるのか？　兄に全部、話す」

ロシュグリア公国の聖女セレスティアは、そう言って俺達に全てを語った。

「女神の結界の破壊。フィアナが今回しでかしたのは偶然。だけどその力はルージュティアで十年前、あの子が見いだされた際、すでに予見されていた」

窓の無いこの部屋には、一切の光は差し込まない。淡々と話すセレスティアが何を見ているのか。闇を映したその瞳からは計り知ることができなかった。

「いやヴェルドフェイド公国と一部の教会の者達……今ほどの勢力は無かった強硬派が、血眼になって、その力を持つものを探していた」

かつて俺が死んだときに、女神様は言った。

（君とフィアナちゃんは、いずれ、ううん、直ぐに殺されていた……）

（フィアナちゃんの背負った運命は世界を巻き込む……そして君もね）

今日思い出したことだが、それは十年前の記憶。女神様の言ったこととセレスティアの話は合致する。疑う余地は無い。俺は知りたいことに抑えが効かず、一足飛びに核心に飛び込む。

「なぜフィアナはその命を狙われるんだ⁉」

「生贄」

「なっ⁉」「えっ⁉」

言葉を失った俺達にセレスティアは続けた。

「兄、慌てるな。私は全てを話すと言った」

「す、すまない……」

「女神の結界の破壊、実は初めてではない。三十年前ヴェルドフェイドで一つの結界が消えた」

驚愕の事実だった。もたらされた事の大きさに俺達は困惑を隠せない。

「当時のヴィルジニテの聖女は誰よりも世界を、人の安寧を愛していた。そして聖女としてもとても強い力を持った美しい人？　だった」

思い出すように語るセレスティアの瞳に映った闇が、さらに深さを増したような気がした。

いったいいくつだ、この幼女。

「しかし彼女は聖女としての規格外の力とは別に、とても身体が弱かった。ヴィルジニテ隊の過保護も良くない。私はフィアナを鍛えに鍛えた、えへん」

まるで無い胸を逸らして何か待ってる。あれだ、面倒な人だ。

「た、確かにフィアナさんは凄かったですよ、お兄様！　私を抱きかかえたままで、街の中を孤児院まで疾走して……」

キリカは少し顔を赤らめて言い……セレスティアは満足そうに頷いて続けた。

妹達《君ら》、何してんの？

「そののちそれが災いして？　結界内で死んだ。そしたら結界が壊れた」

「えらく端折ったな、おい‼」

「そこは誰にも知り得ない過去。言えることは聖女が死んだことにより、結界が破壊されたことと、ヴェルドフェイド公国は未知の力の一端を手に入れたという事実」

「未知の力って……まさか⁉」

「その一部は教会にも流出した。魔族由来のもの」

気が遠くなるような話だった。今日一日で俺の中の世界は全てひっくり返ろうとしている。

「これ以上結界が破壊される事、ヴェルドフェイドが大きな力を手にする事、それらは教会《エルロート教》、ひいてはすべての国を統治するリリィエルロート神聖国に於いて許されることではない」

「ヴェルドフェイドはフィアナさんの命を使って、結界を破壊するために。教会はそれをさせない為にその前に……非道い……」

「胸糞の悪い話だな。そんな手前勝手な国の事情でフィアナは殺されようとしていたのか」

俺と隣のキリカの顔から瞬く間に血の気が引いて行く。俺は今……何を言った!?

そしてセレスティアは追い打ちをかける風でもなく、静かに続けた。

「教会は教会が保護した聖女候補以外を今までにも多数、殺害している。すべては人々の幸せの為、世界の秩序と安寧の為」

俺は妹であることを思い出さなければ、フィアナをどうしていた？

キリカが俺の心を読んだように、涙目で首を振っていた。そんな事は絶対にありえないと。

「今回のことでフィアナをリリィエルロートに連れてゆく必要は無くなった。あの子は聖女の戴冠で得られる聖寵《固有スキル》『女神の封印：S』以上の力を秘めている……それは明らか」

「兄、フィアナはこれから先、大きな流れに翻弄される。私には今、動かせる者が少ない」

俺は真っ白な頭で生返事を返し続ける。知らずとは言え、命を狙っていた俺に妹《フィアナ》を守る資格があるのか……そんな俺の心の喚きを見透かすようにセレスティアは言った。

「兄、立つ場所が変われば見える世界は変わる。私は教会を悪とは断じない……今は己を恥じるべき時ではない」

そしてまた、頭を下げ……いやなんか上下に振るわせて言った。

「兄、フィアナを守って欲しい……これは母としての願い。娘には幸せになって欲しい」

「フィアナさんはもう、私にとっても守るべき大切なお方です」

妹《キリカ》が葛藤する俺の背中を押すように言ってくれた。

そう、たとえもう並び歩くことはできないとしても、妹《フィアナ》を守るのは俺以外に在り得ない。ならばおのずとセレスティアへの返事は決まっていた。

「キリカ、俺はフィアナのことを守る。そして、お前のことも必ず守る……いいだろうか？」

キリカが月のようなおだやかな微笑みを返してくれた。

「フィアナの護衛依頼を引き受ける。今日から俺達は『聖女《フィアナ》の暗殺者』だ」

＊　　＊　　＊

「……お兄ちゃん……もう会えないのかな」

話を終えてアルフの部屋を後にしたフィアナの足取りは重たかった。

あの日、兄に何が起こったのか？　そしてその後、どうなったのか？

アルフは在りし日の事実を全て包み隠さず話してくれた。そして結局のところ、アルフにも兄がその後どうなったのか？　それはわからず、フィアナと同じように兄の残滓を抱えたまま過ごした十年であったことが理解できた。

しかしアルフが最後に直面した状況は、あのローブの男の言葉を裏付けるには十分過ぎた。

アルフはフィアナに最後に言った。

『——信じて上げてください。彼は妹との約束を決して破ったりしない。もう少しだけ待ってあげてください』

その言葉は励ますでも、慰めるでもなく、ただ力強く私に向けられた。

そして少しだけ困った風に笑った。それは迷いの無い、何かを信じた本当の笑顔だった。

フィアナは何度も心の中でその言葉を反芻しながら歩き、いつの間にか辿り着いた自分にあてがわれた部屋のドアを開いた。

「セレスティア様……」

暗闇と静寂に彩られているはずの部屋の中、淡く光る少女が窓辺に佇んでいた。

差し込む月明りが、その誰にも侵されることのない銀糸に触れることを叶わず、仕方なく辺りを仄かに照らしているかのようだった。

「何か御用でしょうか？　……どうして私の部屋に」

フィアナは後ろめたそうに少女に問う。しかし少女からは何の返答も反応すら無い。

「もうっ、お母さん!!　いったい何の用!?」

「こんな夜更けに、年頃の娘が彷徨《うろつ》き歩いてて……感心しない」

そう言いセレスティアは傍らのベッドにちょこんと座り、ぽんぽんと隣を叩いた。フィアナはそれに従い、横に並ぶように座る。セレスティアは今度は自らの膝をぽんぽんと叩いた。

「……泣きそうな顔をしてると思うから」

「お母さん、私もう子供じゃない……くへっ!?」

ローブの襟に手を掛け、首根っこを掴み引き寄せる。無理矢理に膝枕の状態をさせられた。

「久しぶり、フィアナ」

フィアナに向けられたその瞳は光を写していない。しかし、どこまでも深くすべてを見透かしているかのようだった。

「……ごめんなさい、お母さん……その、勝手なことして迷惑かけて」

「いつものこと。子の世話を焼くのは親の甲斐性」

「だけど、ゲイルさんも……ザックさんにも……」

「いい薬。教会にいる聖女を見つけられない、馬鹿どもには」

「……気づいてたんだ」

フィアナは髪を優しく撫でる母の手に身体を委ね、気持ち良さ気に目を閉じた。

「こうしてると昔を思いだすね」

「……ん」

「ひとりぼっちになって泣いてた私を、お母さんがいつもあやしてくれてた」

「……あなたの母になって十年……大きくなった」

セレスティアが、フィアナのたわわを、指先でつつきまわす。

「ひゃん！　もうっ、お母さん!!」

「……ごめんなさい」

いつもならフィアナの抗議などものともせずにつついて撫でて、すくい上げるところだ。

「……恨んでもいい」

「手紙の……お兄ちゃんのこと？」

セレスティは沈黙でそうと答えた。

「どうして戴冠式で……リリィエルロートで会おうなんて書いたの？」

フィアナはもう手紙の事を気にしてはいなかった。ずっと騙されていたとしても、そこにあったのは偽りない愛情。少々、幼少期に偏りを感じたが、代筆者の人選ミスだったのだろう。

ひとえにそれは自分に向けられた優しい嘘。会うなどと書かねば、このままいくらでも誤魔化しようがあったと思えた。

「教会、強硬派の暗殺者の動きは掴んでいた。穏健派の牽制がある分、リリィエルロートの方が、まだ守り易い。ルージュティアの方が危険だと判断していた」

「だから私がこの街に近づかないようにあんな手紙を……でもあれじゃあ、逆に疑っちゃうよ」

「ザックは後で殺す」

「……私、ものすごく皆に迷惑をかけてたんだ」

フィアナは今日、この街で起こった一連の騒動を思い、己の浅慮《あさはか》さを恥じるように呟いた。

「ここで起ったことは単なる偶然。私にも予想外だった。むしろフィアナがいなければ街中が巻き込まれていた……結果的には良かったと言える」

「じゃあ、まだ私は狙われてるってこと？」

「それは大丈夫。最大の脅威は抑えられた」

「そう……なんだ、良かった」

フィアナは心底、安堵したような表情を浮かべる。自らの命が危険に晒されている。そんなことより、周囲の大切な人達へ、その影響が及ぶことを何より恐れていた。

あの日の兄も恐らくは自分のせいで……そう思い、その身はまた寂しさに溺れそうになる。

その頬をセレスティアは軽く？　つまみ上げた。

「出来の悪い娘のせいで、また私の婚期が遅れた」

「いひゃい！　なひすんにょ、おかあひゃん!?」

「とっとと聖女として戴冠させて、ロシュグリアと、プルーデンス隊に貴方を守らせる。名実共に手を出させないようにするつもりだった……私は当然のこと、寿退職」

「相手もいないの……にひゃいいっ!!　ごめんにひゃあい!!」

「馬鹿娘が今日、しでかしてくれたおかげで、それもできなくなった」

「女神の結界壊しちゃったこと？　結界内の記憶に封印の無いこと？」

「ヴィルジニテ隊のものも居合わせた……隠蔽する事は難しい」

「そういえば……エミリアさんは大丈夫なの？　私はヴィルジニテの聖女になるんじゃ？」

「まだ眠らせ……眠っている。思った以上に教会の露払いになった。悪いようにはしない。でも、それとこれとは別の話……元よりヴェルドフェイドが欲しがってたのは聖女《フィアナ》の命」

フィアナは今日、自分に跪いて忠誠を誓ってくれた少女の姿を思いだしていた。世界を守護する聖女の使徒としての気高さを纏った少女に、そんな風な様子は一片も無かった。しかし国の思惑と言うものは別の所にあるのだろう。

セレスティアの腰にフィアナは顔を押し付け、くぐもった声で呟いた。

「私、世界中で嫌われてるんだ。もう、いっそ…………そしたら、みんなが幸せに、そしたらお兄ちゃんに会えるかにゃあああ、痛いっ!! ごめんなさい! 離して、千切れちゃうぅ!!」

今度は耳たぶをこれでもかと引っ張り上げられた。言葉にはしてなかったのだが、フィアナはその仕打ちを理不尽とは捉えることができなかった。

「……兄が居ようと、居まいと……プルーデンスは家族……私は母親」

動くことのない虚ろな表情、しかしその中で光差さない瞳に交じる、たくさんの感情。

「ごめん……お母さん」

涙目を隠すようにしがみつく。セレスティアの指が慰めるようにフィアナの髪を梳いた。

「……駄目、許さない。しばらく、顔も見たくない」

「え、え、えっ? な、何? 突然、どうしたの⁉」

「ここから出て行って」

「ここ、私の部屋だよ」

言いたいことを放ち終わると、プイっと顔を横に向けたまま、愛おしそうにフィアナの頭を撫でまわし続ける。

フィアナはセレスティアの終わることのない可愛がりの中、困惑を隠せなかった。

「フィアナのこと兄に頼んだ。明日の朝には、ここルージュティアから出なさい」

「そんな急に……え、お兄ちゃんに？　どうして……え、ええっ!?」

フィアナは頬を染め、少し緩みがちな眼を大きく見開いては驚く。

「兄妹の実力は私の親友のお墨付き。でもフィアナがちょっと嫌だ……やっぱり止めとこう」

「や、ちょっ、全然、何でもないよ！　キリカちゃんのお兄ちゃんだもん!?」

「……やっぱり、娘がちょっと気持ちわるい」

「でも、どうして急にルージュティアから？」

「今日起こったことは、これからの世界の在り方を大きく左右する。私にも、どうなるのか未来が見えない……だから旅に出なさい。話は終わり」

「え、え？　全然意味が分かんな……ぎゃんっ!?」

フィアナが言い終わる前に、セレスティアはいきなりベッドから立ち上がる。当然、膝枕されていた娘はバランスを崩してベッドから転げ落ちる。

「酷いっ!!　何これっ!?」

打ち付けたお尻をさするフィアナに、セレスティアは手を差し出す。

「……十年前、女神様の神託に導かれて、フィアナの手を引いた。そして今日まで……」

＊　　　＊　　　＊

何者かに連れ去られ、暗闇の中一人泣いていたフィアナに差し伸べられたその手。

氷のように冷たかったけど、とても暖かい小さな手は十年前とまったく変わらない。

「お母さん……ありがとう……」

フィアナはセレスティアとプルーデンス隊と過ごした、決して短くない大切な日々を思いだして、涙を滲ませる。そして、握った手に引き寄せられ、膝立ちのまま抱きしめられる。

頬が触れあう距離、耳元でセレスティアは囁く。

「本当に大きくなった。私より小さかったのに……ちょっと不満」

「お母さん。本当いつも冗談ばっかり」

「……だから、私が手を引くのも今日、ここまで」

「……お母さん。私、やっぱり嫌だよ」

「自分の足で歩きなさい。そして未来を探しなさい……あの兄と、互いの手を携えあって。ちっ」

「お母さん……それって、どういう？」

「……今、言ったばかり……もう眠い」

そして、そのまま全身から力が抜け落ちる。慌てて養母《セレスティア》の身体を今度はフィアナが抱きしめる形で支えていた。

「ちょ、ちょっとお母さん？　えええ～？」

既に日付は変わり長い一日は終わりを迎えていた。子供？　が起きていられる時間では無い。

こうなると母は半日は眠り続ける。つまりは明日の昼までセレスティアは目を覚まさない。

フィアナはセレスティアをベッドに寝かせると、その隣に潜り込み手を繋いだ。

「こうして、一緒に寝るのも久しぶりだね……」

「……ぐう、ぐう……」

「お母さん……今まで、本当にありがとう……」

「……ぐう」

聖女という絆で結ばれた母娘の最後の夜は、ゆっくりと過ぎて行った。

*　　　*　　　*

日が昇る前、月の落ちた暗い朝。

フィアナは女神像の前で跪き、祈りを捧げていた。

俺とキリカは随分前に終わり、少し後ろで邪魔にならないように見守っていた。

(しかし、こうしてると流石に違うもんだな)

俺はフィアナの、その厳かな佇まいに妹の成長を感じて、感慨にふけっていた。

「……じゃあ、いってきます！　お兄ちゃん」

フィアナはそう締めくくると立ち上がり、聖衣の裾をひるがえしてこちらに振り向いた。

何故かキリカが俺の方をチラっと一瞥したような……気のせいか。

「お待たせ！　キリカちゃん！　お兄ちゃん!!」

「ん、ああ、もういいのか？」

「うん。お兄ちゃんとはキチンとお別れしたから」

「その、あれだ、きっとどこかで、ひょっこり会えるんじゃないかな？」

「うん、だといいな。私も本当は信じてる……女神様の導きを」

「そう、それだ、それだといいな‼」

居たたまれない。俺はフィアナを直視できずにいた。

「あの、あれだ、お腹空かないか⁉　せっかくだからルージュティアを立つ前に、美味い朝飯でも食べにいかないか？」

俺は精一杯の作り笑顔でフィアナに微笑みかける。

フィアナももう幼子じゃない。いつものように、こんなので誤魔化せるわけがない。

さっきから、チラチラとキリカの視線が痛い。俺は自分の築き上げてきたモノが崩れ落ちてゆくのを感じながら、恐る恐るキリカを見た。キリカは固まっていた。

そしてその眼差しは今は俺には向いていなかった。俺は慌てて妹《キリカ》の視線の先を見た。

そこには、ただ呆然と俺を見つめ立ち尽くす、もう一人の妹《フィアナ》の姿があった。

「お兄ちゃん……私、ずっと待ってた……約束したから……」

日が昇ろうとしていた。朝を告げる柔らかな光が、頬を伝いこぼれ落ちる雫を輝かせる。

「フィ、フィアナ、どうしたっ⁉　ええ？　俺、今何か変なこと言った⁉」

「……お兄様は妹との約束を決して破ったりいたしません……ですよね？」

「え？　キリカ？　あ、ああ、そ、それは、も、もちろんだ、約束する‼」

突然のキリカの言葉に、今までに感じたことのない程の圧力を感じ狼狽《うろた》える。

「ありがとうキリカちゃん。うん、アルフ様も、お母さんも……何か事情があるんだよね」

妹達が何やら納得して頷きあっていた。まずい俺、話に全然ついていけてない。

二人が出会ってすぐに仲良くなったことは聞いていたけど、疎外感が半端ない。

フィアナは袖で涙を拭うと、いつものお日様のような笑顔を咲かせた。

「やだなあ、お兄ちゃん！　まだお店なんて、空いてないよっ‼」

いつも俺に元気をくれていた……フィアナの笑顔。

俺の中で大切に守られていた妹の記憶。昨日見たばかりの、幼い頃の笑顔が今重なった。

そう言えば最後にこの笑顔を俺に向けてくれたのって……ここか。あの時もいつものように。

「そ、そっか、そうだよな」

「……でも、市場なら開いてるかな」

そう言ってフィアナは俺の手を取ると、今度は悪戯っぽく笑った。

「いこっ、オススメの果物屋さんがあるんだ‼」

俺は妹《フィアナ》の仕草にドギマギとしながら、手を引かれ……引きずられ気味に歩きはじめる。いや本当

にすごい力だった。

後ろを見やると妹《キリカ》が俯き加減で寂しそうに付いてきていた。俺は苦笑しながら、もう片方の手をキリカに差し伸べる。

キリカは頬を染めながらおずおずと手を握り返し、静かに微笑を返す。こっちは癒される。

「すごく甘くて、美味しいんだ！　もう、いくつでも食べれちゃう!!」

フィアナの声が弾む。食いしん坊のフィアナ。本当、全然変わってない。

「……ちゃんと、お兄ちゃんにも食べて欲しいな」

そう言って、妹《フィアナ》は何かを懐かしむように目を細めた。

「あ、うん、楽しみだ、なあキリカ」

「はい、お兄様」

空には、太陽と月をつなぐ茜色が広がっていた。

俺は妹達とつないだ手をしっかりと握りしめる。もうこの手は離さない。

どんなことがあっても、
どんなことをしてでも、
妹達は、守るつもりだ。

エピローグ

今しがた、私は毎日の日課であるのお祈りの後、いつものように兄との再会を願った。
そして、それとともに私は今日初めて、この地で眠りについたかもしれない兄への安らぎを祈り
……お別れをした。

「あの、あれだ、お腹空かないか⁉　せっかくだからルージュティアを立つ前に、美味い朝飯でも
食べにいかないか？」

何でもない言葉に私は激しく心を揺さぶられ立ち竦む。私がずっと待ち続ける、兄との約束……

それは兄が私を元気づけようと、いつも言っていた。そんな言葉に過ぎない。

（——終わったら、美味しいご飯食べに行こうな）

でも、それは果たされず……私と兄の、最後の約束になった。

今、彼から紡がれた言葉は……分かってるただの偶然だって。

なのに何故、彼の言葉はこんなに私の心を揺さぶるのだろう。

登り始めた陽の光が彼の姿を影の中に隠す。精一杯の笑顔を私に向けてくれているのが、見え辛
いけど分かる。それはあの日、この場所で私に向けられた兄のものと何故か重なる。

私と同じ金色の髪に空色の瞳……兄は目の前のお兄ちゃんとは似ても似つかない。

だけど何故、私の瞳は勝手に涙をこぼすのだろう。

昨日だってそう。どうして勝手に悲しくなったり、嬉しくなったりするのだろう。

私の中でせり上がってくる一つ一つの気持ちが、繋がらない言葉になって零れ落ちて行く。

「お兄ちゃん……私、ずっと待ってた……約束したから……」

今日初めて再会を願いつつも兄とお別れをした。そうしないと、もし兄が……そうだった場合、私のことを心配して眠りにつくことができないと思ったから。

「フィ、フィアナ、どうしたっ⁉　ええ？　俺、今何か変なこと言った⁉」

「……お兄様は妹との約束を決して破ったりいたしません……ですよね？」

キリカちゃんが、とても強い口調で、お兄ちゃんに言い切る。

その言葉は隣のお兄ちゃんに……そして私に向けられていた。

「え？　キリカ？　あ、ああ、そ、それは、も、もちろんだ、約束する‼」

その返事は、キリカちゃん……そして、私を真っすぐに見て、答えられた。

そうだ、私のお兄ちゃんは私との約束を絶対に破ったりしない、私をひとりになんてしない……兄も、きっとこう言うだろう。

(妹《フィアナ》は俺が守る……たとえ死んでも……)

そう兄のことを思うと、ありえない一つの考えが浮かぶ。だけど私の心の奥の騒めきが、その考えを後押ししようとしている。お兄ちゃんがもし、もし死んでいたら、それでもお兄ちゃんは……きっと……お兄ちゃんは……絶対に私のことを……どんなことがあっても必ず。

アルフ様は昨日の夜、言った。

『――信じてあげてください。彼は妹との約束を決して破ったりしない。もう少しだけ待ってあげてください』

お母さんが昨日の夜、言った。

『自分の足で歩きなさい。そして未来を探しなさい……あの兄と互いの手を携えあって』

私にはアルフ様のように、魂の色を見たりすることはできない。お母さんみたいに、すべてを見透かすことはできない。でも、目の前のお兄ちゃんが一所懸命、私を守ろうとしてくれているのは、分かる……確かめたい……だけども、今はまだ。

「ありがとうキリカちゃん。うん、アルフ様も、お母さんも……何か事情があるんだよね」

キリカちゃんが私の考えを理解してくれたみたいに頷いてくれる。

でも、もしそうだったら、そうだものね。これからもよろしくねキリカちゃん‼

キリカちゃんとは出会ったばかりだけど、ずっと一緒に過ごしてる姉妹のように感じる。

そして……あの頃のように、私の涙に慌てふためく大切な人。

私は涙を拭うと、お兄ちゃんに精一杯の笑顔を見せてあげた。

「やだなあ、お兄ちゃん！　まだお店なんて空いてないよっ‼」

「そ、そっか、そうだよな」

「……でも、市場なら開いてるかな」

私は、お兄ちゃんと手をつなぐ。

お兄ちゃんの手のひらに、すっぽりと収まっていたあの頃と違ってて、ちょっと可笑しくなる。

「いこっ、オススメの果物屋さんがあるんだ!!」

いつも引いてくれていた手を、今日は私が引く。

私はルージュティアに訪れた時は、いつも市場にある、あの果物屋さんに通う。

「すごく甘くて、美味しいんだ!　もう、いくつでも食べれちゃう!!」

あの日食べたアプルの実。お兄ちゃんの事を思い出しながらいつも食べる。そう、お兄ちゃんと最後に食べ……やだお兄ちゃん食べてない……何故か鮮明に思い出されるあの日の光景。

物欲しそうにする私に、兄は自分の分のアプルの実も私に手渡してくれていた。

「……ちゃんと、お兄ちゃんにも食べて欲しいな」

『今度は』そう心の中で小さく付け足す。幼い頃の私の意地汚さに恥ずかしくなり、目を閉じた。


つないだ手に込められた力が強くなる。

あの日のように、今度は心の中で呟いた。お兄ちゃんが話してくれるその日まで……


(お兄ちゃん、私、良い子で待ってる)

アナザーストーリー

『姉妹の前夜。そして』

誰かのすすり泣きが聞こえていた。

「……姉さん……もう、朝なのか？」

私は未だ暗い闇の中、寝ぼけ眼《まなこ》でつぶやく。そう、隣りのベッドで眠るのは双子の姉、ジャンヌ。

頭から被った毛布の中から、女神様や、まだ知らぬ聖女様を呼ぶ、くぐもった声が聞こえる。

姉は幼い頃よりこうして時折、夜明け前に泣くことがある。

無意識のもので、目を覚ましても本人は何も覚えていない。


教会による聖女暗殺の情報を得てからこっち強行軍を重ね、昨日この街ルージュティアに辿り着いた。一泊をして明日にはすぐリリィエルロート神聖国へと旅立つ、その道すがらだ。

昨日は寝所が変わったことで寝付きが悪かった。身体に積もった疲労も抜けきっていない。

私はぼんやりとした頭で、見知らぬ天井を眺めながめては思う……あの日と同じだ、と。


私達二人はヴェルドフェイドの騎士の名門ロークス家にともに生まれ、ともに幼少期を過ごした。

花のように可愛らしい鏡合わせの双子だと、家族から、周囲の人々から沢山の愛情を注がれ、幸せな毎日を過ごしていた……。私、エミリアがその類い希な剣の素質を見いだされるまでは。

しかし、日常は一見変わらないように続いた。

私達は同じ部屋で過ごし同じドレスを着る。花壇の前で同じお茶を飲んでは同じ笑顔を咲かせた。

ともに日々を歩むなか、少しだけ変わったことと言えば、夜明け前の数刻の間だけ、私は姉と違う時間を過ごすようになっていたこと。

姉が目を覚ますまでの黎明の時間、私は姉を起こさぬように一人ベッドを抜けると、父や兄に交じり剣の手ほどきを受ける。そのことだけがそれまでとは違っていた。

そして姉が目を覚ます前に部屋へと戻り、いつも姉の瞼が開くのを寝顔を眺めながら待っていた。目覚めた才覚のもと剣を振るうのはとても楽しかった。でもそれは私にとって一番ではなかった。

「おはよう、姉様。ご機嫌麗しゅう」

「おはよう。エミリア……今日も朝からご苦労様」

毎朝そう言って笑顔で挨拶を交わし合うことが、私にとっての何よりの幸せだった。

私は姉とともにいることを何よりも望み、いつも二人、手を繋いで変わらない日々を過ごした。


しかし、そんな日常を終わらせたのは意外にも姉、ジャンヌだった。

部屋から出ようとしないことがあり、そんな日が続くようになった。

私がともに部屋で過ごそうすると、毛布を頭から被りベッドから出てこなかった。

幼い私は誰よりも愛する姉の心変わりに悲しみ、泣きながら謝り、問いかけ続けた。

何がいけなかったの？　いけないところは直すからと。しかし答えは返ってこなかった。

それでも私は姉のそばを離れることが出来ず、しばらくの間は毎日のように泣いていた。

そして見るに見かねた家族の手により私は諭《さと》され、違う部屋へと移されることになった。

一人で過ごす初めての夜、私はなかなか眠りにつくことが出来なかった。

そのせいか次の朝目覚めるも、明らかに寝過ごしてしまっていた。修練に遅れてしまう……。

でもそんなことは、もうどうでもいいと、ぼんやり見知らぬ天井を眺めていた。

当然、隣にはいつもいた姉、ジャンヌは居ない。寂しさに、まなじりに涙が浮かんでくる。

そんな中、私は微《かす》かに姉の声を聞いた。

私の移った部屋は、もとの部屋からそう離れていない。とはいえ、薄くない屋敷の壁をいくつもはさみ、物音など聞こえるべくはない。私は寂しさのあまり姉の幻の声を心で聞いたのかと思った。

「……エミリア……」

やはり姉の声は私を呼んでいた……そしてそれは、震える声で何度も繰り返された。

幻聴でも何でもいい！　居ても立ってもいられなくなった私は部屋を飛び出し姉のもとへ向かう。

気のせいではなかった。部屋に近づくにつれ姉の泣き声ははっきりと聞こえてくる。

そしてドアの前で、ノックをしようと手を振り上げ、私は固まった。

ふいに半分開いた手のひらから覗いた、マメだらけの指を目にして。

そう、先に変わったのは私。今も不思議な力で一方的に姉を感じている。

姉はそのことを私以上に気づいていた。いつも繋いだその手のひらから。

「姉様、姉様、お願い！　お願い、開けてください」

私は扉をドンドンと乱暴に叩き、何度も姉に部屋に入れて欲しいと懇願した。

ドアは開かれず、すすり泣きは続く。私の声は姉に届かなかった。そしてしばらくののち、

「……頑張ってね……エミリア」

そう言って、姉の泣き声は穏やかな寝息へと変わった。

次の日も、またその次の日も姉の夜泣きは繰り返される。最後の言葉はいつも同じだった。

いつしか私は姉のもとから離れ、日中も剣の修練に明け暮れることになった。

以前のようにいつも一緒に過ごすことは無くなってしまったが、姉との関係は元に戻った。

姉は自らを傷つけながらも、私を突き放すことで正しい道を選ばせようとしてくれていた。

そんな姉の優しさと愛情に報いる為に、私は一心不乱に剣を振るい続けた。

いつかこの剣を姉と、姉の信じるものに捧げることを心に誓いながら。

時折心折れそうになっては修練を遅らせ、姉の部屋の前で最後の言葉を待っていたのは秘密だ。

そして二年前の『導きの儀』の際、姉ジャンヌには私と同様に特別な恩恵《スキル》が宿っていたことが明らかになる。それは史上類なき火系属性と、桁外れの魔力。

その日、私と姉は女神様《リリィエル》の導きに心から感謝し、喜びあった。

もしあのままに二人の優しい日々が続いていたら、もう二度と私達姉妹があの日のように並んで過ごすことは無かったのだから。


「本当に姉さんはかわらない。あの頃から……」

姉はもう、泣きやみつつあった。私は姉を包む毛布を少しはだけさせ、その顔を覗き込む。

久しぶりに姉の『最後の言葉』が欲しくなった。

そして、その後は幼きあの日のように姉が目を覚ますのを待とうと思った。

恥ずかしくも嬉しさがこみ上げ表情が緩む。日頃は己を律し、ほとんど感情を見せないようにしているが、親しきものの前では、どうにもタガがはずれてしまう。

ふと姉の毛布に一緒にくるまれていた魔法石の青い光が目に入った。侵入者を感知する結界魔法が封じられたもの。幼い頃から驚異的な五感と、気配察知に長けた私には必要のないものだ。

私は姉にいつも必要ないと言い、いつも姉は保険だからと笑いながら、それを置いていた。

だから今、何の変化もないその魔法石に照らされる……あたかも、姉の首元に突きつけたナイフのように置かれた一枚の紙切れを見て、私は生まれて今まで感じたことのない恐怖に支配される。


紙切れには『聖女は、孤児院に』とだけ書かれてあった。

「聖女様は……孤児院にだと……孤児院……」

その言葉を反芻した瞬間、私の中で何かが溢れかえった。


群がる暗殺者達……敵対する使徒隊……そして私達の聖女様……そして、そして……。

頭が割れるように痛んだ。吐き気がこみ上げる。肉が千切れ骨が砕けるような痛みに姉のベッドに倒れこむ。身体中から溢れ出た血が瞬く間にシーツを赤く染めてゆく。

「違う……これは私の中の夢……これは、もう終わったことだ」

穏やかに眠り続ける姉の横顔を見ながら、私は気づいていた。

そう、私はまた変わった。それをまた知られ、また姉とともに居られなくなるのが恐かった。

だけど、あの時と同じように、もう引き返すことは出来ない。

あのときと違って、自分の心は何よりもそれを求めてやまない。

この痛み、この苦しみ、認めなければ。己を認めてあげなければ、私の心は死んでしまう。

脳裏に浮かぶ少年の顔。そして続いて思い出されるその名を、私は微笑みながら口にした。

「助けて……セツラ……」

そして私は、あのときのように赤と黒が交じった霧に包まれた。唇に得も言われる熱を感じ……

痛みと苦しみがすうっと引いていく。私の意識は暖かい闇に抱かれながら心地良く沈んでいった。


眼を覚ますと、また見知らぬ天井だった。

今しがた見ていた夢と同じように、姉のすすり泣きが隣りのベッドから聞こえる。

身の内に毒はもう感じられない。そのことですべてが終わったのだと考えが至る。

私達はフィアナ様に、そしてセツラに救われたのだ。

唇を指でふれ……その感触を思い出してはつい、にやけてしまう。他の大事なことをさておいて、
これではあのゲイルードとやらに言われた、『色呆けた』という言葉もまるで否定出来ない。

そんな、どうしようもない私を励ますように、絶妙なタイミングで『最後の言葉』が降ってきた。

「……頑張ってね……エミリア」

本当に姉さんにはかなわない。あの頃から……。

あとがき

初めまして、朔月と申します。このたびは『聖女の暗殺者～処刑されてしまったが、転生してでも妹は守るつもりだ～』をお読み頂きまして、本当にありがとうございました。

ことの初まりは二〇一七年の三月、実生活の方で色々とあった私はふいに「小説家になろう」のサイトと出会い。もうそれは溺れるように、投稿作品を読むことにのめり込んでいきました。

それまでは推理小説をたまに読む程度のものでしたので、免疫が無かったのだと思います。『異世界』そのすべてが想像により創造される世界に、寝ても覚めても、実生活が壊れるほどに傾倒してしまいました。

転生や転移、人生をやり直す作品。それまでの努力が報われる物語には、何より自身を転写して読みふけり、心のよりどころ……大げさではなく心を救われたと、今でも感謝をしてやみません。

そして三ヶ月間ほどは、マンガもアニメも映画もほとんど見ませんでした。

ただひたすら睡眠時間を削り、小説家になろうの作品を読みあさりました。

電卓を叩いてみたら、流石に引きました。五千万文字近く読んだ計算です。

読み始めた当初、というか人生において自分が小説を書くなんて想像もしていませんでした。

しかしおかしなもので、浴びるように読み続けていると、いつのまにか「書いてみたい」という欲求が心の中に生まれ……それが収まりのつかないところまで達っしていることに気づきました。

そうなると後は早かったです。

何も知らない、何も考えてない強みで、勢いで書いては毎日のように投稿を繰り返しました。

当然、そんな有様でしたので書籍化なんて大それたことは本当に考えたことも無かったです。

ですが、いずれはもっと実力を付けて挑戦できるような作品を書いてみたいと、心のどこかでは思っておりました。

そして、その日『書籍化打診のご連絡』との文字をメッセージボックスに見つけた時は、意味が分からず頭が真っ白になったことを覚えています。手足も震えていました。

私の実力を考えると明らかに不相応です。お断りすることも考えました。驚くことに、その後も数社から打診をいただくことになり、これはもうこんなチャンスは一生に一度も無いと、一番最初にお声を掛けて頂きました、UGnovels様にお世話になることを決断するに至りました。

そんな私の人生を変えたかも知れない『聖女の暗殺者』ですが、書籍化にあたっては沢山の応援を頂いたおり、無い力を振り絞っては今出来る事すべてを注ぎ込ませていただきました。

お読み頂いて少しでも何かを感じていただければ、これ以上に嬉しいことはございません。

もの書きの端っこの方で、スタート地点にたったばかりの私ですが、これからも皆様からの応援、ご指導等いただけますよう頑張ってまいりますので、何卒よろしくお願いいたします。

最後にイラストを担当して頂いた米白粕先生、本当に美麗なイラストをありがとうございました。

先生のイラストが凄すぎて、いつのまにか二次創作の小説を書いている気持ちなのは内緒です。

UG novels UG003

聖女の暗殺者
～処刑されてしまったが、転生してでも妹は守るつもりだ～

2018年2月15日 第一刷発行

著　　者　朔月
イラスト　米白粕
発 行 人　東 由士
発　　行　発行所：株式会社英和出版社
〒110-0015　東京都台東区東上野3-15-12 野本ビル6F
営業部：03-3833-8777
http://www.eiwa-inc.com
発　　売　株式会社三交社
〒110-0016
東京都台東区台東4-20-9　大仙柴田ビル2F
TEL：03-5826-4424／FAX：03-5826-4425
http://www.sanko-sha.com/
印　　刷　中央精版印刷株式会社
装丁・組版　金澤浩二（cmD）

ISBN 978-4-8155-6003-4　

朔月先生・米白粕先生へのファンレターはこちらへ

あて先
〒110-0015
東京都台東区東上野3-15-12
野本ビル6F
（株）英和出版社
UGnovels編集部

本書は小説投稿サイト『小説家になろう』（https://syosetu.com/）に投稿された作品を大幅に加筆・修正の上、書籍化したものです。

『小説家になろう』は『株式会社ヒナプロジェクト』の登録商標です。

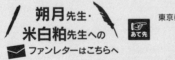